U0045716

交叉連結 3

Cross connect 4

與電腦神姬秋櫻的拒絕互換身體遊戲攻略

Kadokawa Fantastic Novels

CONTENTS

CROSS
CONNECT

垂水夕凪
Yunagi Tarumi
主角。具有逆轉注定敗北局面的遊戲天分。
鈴夏
Suzuka
Bug Number Code Beta
電腦神姬二號機。被夕凪救出來，賴在他的手機裡。

秋櫻
Cosmos
Bug Number Code Original
電腦神姬一號機。理應是電腦神姬的「長女」兼「始祖」，然而……
佐佐原雪菜
Yukina Sasahara
夕凪的青梅竹馬。過去曾被夕凪救回一命。

春風（雲居春香）
Harukaze (Haruka Kumoi)
Bug Number Code Epsilon
電腦神姬五號機——春風。在
地下遊戲被夕凪拯救，得到了
身體。
十六夜弧月
Kozuki Izayoi
天才玩家（自稱），也是夕凪
的勁敵（自稱）。

3

久追遥希

ILLUSTRATION
konomi
（きのこのみ）

Kadokawa Fantastic Novels

彩頁、內文插畫／konomi（きのこのみ）

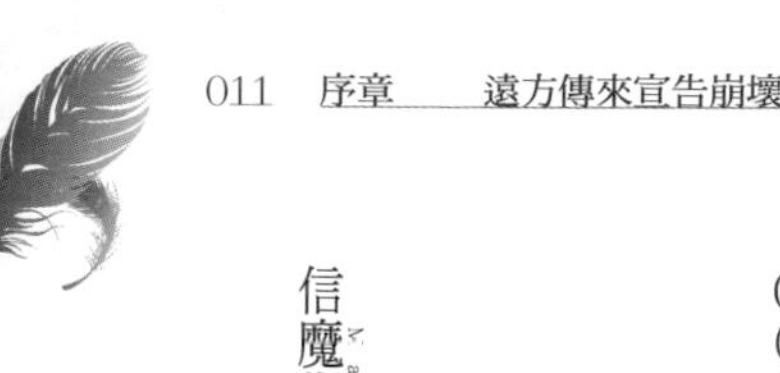

序章／遠方傳來宣告崩壞的悠揚鐘響

CROSS CONNECT

「——我有點傷腦筋。」

一片昏暗之中，響起了沉穩的嗓音。

「天道白夜、朧月詠……我認為這兩人都具備十足的才智，而且他們製作的地下遊戲——ROC和SSR並沒有什麼明顯的瑕疵。」

「……儘管如此，還是失敗了。」

「作為既純粹又殘酷的結果，『他』從我們這邊搶走了兩具電腦神姬。」

「喀喀」的腳步聲踩著一定的節奏，忽然間停了下來。

「坦白說吧——這超出了我的預期，我沒想到竟然會如此脆弱。我可能在不知不覺中太過相信魔術師（Magus）斯費爾的傳說、神話了。」

「所以，『到此為止』了。」

「『只能旁觀到這裡了』。」

淡然訴說的嗓音，伴隨著可能會將聽者凍結的低溫。她光是眨眨眼，空氣就發生搖盪。這個空間裡的一切事物都在她的掌控之下。

「我接下來打算去跟他接觸。他必須交還從我們這裡搶走的『財產』，否則——會妨礙到計畫。」

「這不太好。」

「……斯費爾的？不，這是我的個人判斷。我並沒有特別反對斯費爾的理念……不過也對，如果因為失敗而被究責，屆時我會坦然接受懲處。」

「對。但這當然也要等到計畫的次序進行到最終實行階段就是了。」

在不帶任何笑意的情況下，她用開玩笑的語氣說著不可能存在的假設。

至於這是否是因為顧慮到「畫面中的少女」，連她自己都不知道。

「總而言之，若要實行那個計畫，所有電腦神姬都非得在『這裡』不可。」

「一個都不能少，無一例外。『我們需要全部的Enigma代碼』。」

「因此——雖然對他有點過意不去，『但就請他物歸原主吧』。」

「……妳是問，是否該發『邀請函』給他嗎？」

「不，沒有那個必要。再說，我們這次舉辦的並不是ＲＯＣ和ＳＳＲ那種愉快的『遊

戲』……是的，沒錯，就是如此。」

「接下來要展開的是，波瀾不興、沒有逆轉、無任何混亂與混沌——」

「——一種簡單的『作業過程』罷了。」

第一章　抑或為等同征服世界的野心

CROSS CONNECT

#

佐佐原雪菜似乎病倒了──

令人開始離不開暖桌的十一月某日，放學前的班會結束後，我從班導口中得知這件事。

「──該去探病了，夕凪先生。我們必須分秒必爭，盡快去探病！」

金髮美少女握緊拳頭向我如此建議，我不動聲色地移開視線，靜靜嘆了口氣。

「探病喔……唔～」

「為、為什麼你這麼提不起勁呢，夕凪先生！聽說雪菜小姐發燒高達三十八點五度耶，而且好像比昨天又高了一點……再、再這樣下去，她會過熱而起火燃燒！」

「想太多，人類不會因為發燒而起火燃燒啦。」

我一邊興致缺缺地回應，一邊將右手提著的書包扔到桌上，然後順便環視教室一圈，發現大概有一半的同班同學還三三兩兩地留在教室裡。時光流逝的步伐極為緩慢，很符合高二生放學後

的景象。

——這時。

「請……請你不要說那麼壞心眼的話，夕凪先生。」

我的視野中，再次映入了微微鼓著雙頰的少女臉龐。

彷彿從童話故事跳出來的美麗金髮與碧眼；若問這是夢境還是現實的話，只能說存在本身就讓人感覺是一種奇蹟的白皙光滑肌膚；各種天真無邪的舉止，無端激起他人的保護欲。

電腦神姬五號機——通稱「春風」。

她是因作為某個遊戲的報酬，而獲得得以在現實世界（我們這邊）過活的身體的超特殊型ＡＩ。因此才會像這樣具備名副其實「脫離現實」的外貌，但寄宿於她體內的情感絕對不是「仿造物」。

她現在也眼泛淚光，為我那請病假的青梅竹馬——雪菜的身子感到擔心。

「求求你了，夕凪先生，請你跟我一起去探病。你能來的話，雪菜小姐應該會更開心。而且……只憑我一人也沒辦法做出什麼好菜。」

「呃……不是的，春風，那不是我猶豫的點。問題不在我要不要去，我反而是希望妳不要跟過來……」

「咦？……嗚……啊、啊嗚。」

「咦？妳為什麼要哭——呃，啊，不是啦！不是不是！妳誤會了，我不是在說妳礙事！」

也許是受到打擊，春風渾身顫抖了起來，於是我連忙出聲安撫她。當她小聲哽咽的瞬間，整間教室的視線就集中了過來，結果我全身都被騰騰殺氣刺中……春風還是一樣受到大家喜愛呢。

「就說是妳誤會了啦。」

這份嫌疑非得洗清不可，於是我稍微提高音量，開始為自己辯護。

「如果雪菜請假的原因是受傷的話，我當然會跟妳一起去啊，但這次不是受傷，對吧？她病倒了，也就是感冒。」

「是、是的……呃，咦？難道說，是『因為感冒』才不行嗎？」

「沒錯。不過，依我對雪菜的了解，我猜單純是因為氣溫變化才病倒的吧，但不能斷定絕對沒有傳染性。萬一妳去探病的時候被傳染了……這種事情就得『請天道出馬』了吧，有點超出我能處理的範圍了。」

在現實世界擁有身體的電腦神姬（AI），就立場上來說是要歸類為異類的程度。

我不曉得病毒會如何作用，就算只是發燒也不能帶她去看一般醫生，無論如何都必須去拜託天道白夜——春風的製作者。

而我非常討厭那傢伙。

「……嘿嘿嘿。」

眼前的春風不知為何一臉幸福地笑了。

「妳……妳幹嘛？」

「啊，沒什麼。只是覺得夕凪先生果然是夕凪先生，讓我有一點開心呢……那個，可是這樣的話，你也不能去探病了吧？」

「嗯？是啊，那又沒什麼。反正我每天都要見她，我早就放棄掙扎了。」

「每天嗎？」

「對，每天——那傢伙啊，平常明明吵得要命，一旦感冒就會變得非常安分，完全不踏出房間一步，還會抱膝靠牆坐在床上。然後這種時候，窗簾和窗戶通常都是敞開的。」

順便補充一下，昨天晚上也是「如此」。

由於我和雪菜的房間是隔著一扇窗相鄰，我和她之間就產生了一種「用窗戶的狀態來打暗號」的奇妙默契。而其中「窗簾及窗戶全開」就是「立刻給我過來」的意思。我沒有無視的權利。

我一邊嘆著氣把這些事情告訴春風後，她的表情就變得更柔和了。

「哇……好棒喲！我覺得這樣的關係非常美好呢！」

「……是嗎？只是因為傳染給我也沒差吧。」

「絕、絕對不是這樣的。雪菜小姐是因為獨自待著很不安，才會想要依賴某個可以信賴的人吧。而且，夕凪先生說來說去還不是照樣去陪她……嘿嘿嘿。我有點羨慕呢，所謂的青梅竹馬。」

「羨慕什麼啊，青梅竹馬其實就是孽緣而已啦，沒有妳想得那麼美好——嗯？」

當我感到難為情而反駁幾句回去之際，就察覺到口袋裡的智慧型手機振動了起來，而且「像是要狂暴起來一樣」……姑且說一下，我並沒有誇大。自從兩個半月前的地下遊戲ＳＳＲ結束之後，我的手機就常常像這樣「發生暴動」。

至於暴動的原因——

『——青梅竹馬才沒有那麼美好？哼哼，說什麼蠢話啊垂水？你從以前到現在所看過的戀愛喜劇漫畫，超過七成都在講青梅竹馬好嗎？你根本百分百超愛青梅竹馬吧！』

「……鈴夏妳這傢伙就不能安靜一點嗎？竟然偷看我的閱讀紀錄——」

「鈴、鈴夏小姐鈴夏小姐！夕凪先生的愛書裡面有『脫離電子世界的特殊ＡＩ（金髮碧眼）』這種題材嗎！應該有吧！有多少呢？」

『這倒是一本也沒有呢。』

「怎麼會！」

「有這麼多附加條件的情境也沒多少吧！然後鈴夏妳啊！不要再無差別瘋狂散播我的私事了啦！」

我抽動著臉頰，朝手機畫面放聲怒吼。

我並不是在跟誰講電話，而是講話的對象就在「這裡」。

——電腦神姬二號機，通稱「鈴夏」。

她是經由斯費爾的幹部朧月詠之手誕生於世的少女，被視為「廢物」而長時間受到凌虐。通關SSR後，一切愁雲消散，從他的手中得到解脫，結果在種種原由下（擅自）把我的手機當作棲身處。

不過，如果只有這樣也無所謂……但她擁有的「特殊能力」才是問題所在。那就是「干涉終端裝置」的能力，不止是未經允許入侵手機和電腦，還能以高級權限檢索裡面的檔案，是一種令人困擾至極的技能。

簡言之，她可以自由自在地任意竊取我的個人資訊。

連同興趣、嗜好以及性癖好等等在內，我的弱點會被她徹底掌握住，因此——

『哼哼～垂水，這樣好嗎？還敢用那種口氣跟我說話啊！』

「這傢伙……」

只見小小畫面的正中央，鈴夏把各種圖示搖搖晃晃地擠到兩邊，露出囂張的笑容。她有一頭粉紅色長髮，讓人聯想到任性無比的「魔王」，以及感覺很強勢的紅眸。哥德蘿莉塔禮服的胸口處得意洋洋似的高高挺起。

我無奈地搖搖頭，輕輕嘆了口氣。

「唉……真是的。所以哩？妳冒出來到底想說什麼？應該不是專程來騷擾我的吧？」

『當然不是啊。你覺得我會做那種低級的事情嗎？』

「滿有可能——我不予置評。」

『咦～？吼，是怎樣啦？垂水還是一樣個性很差耶，偶爾老老實實地誇人家一下又不會怎樣……不過算了。那就講正事吧，垂水我告訴你喔，春風其實根本不會感冒啦。』

「咦……是這樣嗎？」「是這樣呀？」

兩個人的問句重疊在一起。春風稍微害羞地看了我一眼，接著就猛然把臉湊近放在桌上的手機。

「原來我不會感冒嗎，鈴夏小姐？」

『對，這很理所當然吧，畢竟是天道白夜嘛，那個天道白夜。我常常聽到朧月詠在抱怨他，所以也很清楚喔。他像是一個神經質到極點的「完美理想主義者」……所以不用說，在送出春風之前，他肯定已經做好了所有因應措施。包含感冒和疾病在內的任何問題想必都完全被阻隔在外了。』

「……經妳這麼一說，的確如此。」

我感覺一切都說得通了。在我的認知中，天道白夜就是這種男人。

「那、那麼！」

得到意料之外的保證，春風雙眼亮晶晶地看向我。就是宛如清澈透明一般純潔無垢又閃耀，讓我無從反抗的「那種眼神」。

因此，答案當然只有一個。

「……我知道了啦。如果是這樣的話，我也沒理由拒絕啊，一起去吧。」

「哇……！好的！非常謝謝你，夕凪先生！」

隨著雀躍的話語，春風用誇張的動作向我鞠躬。滑溜的金絲順勢輕柔地飛揚起來，一瞬過後就流瀉而下，而她則露出歡欣的笑容。

「嘿嘿嘿！」

「噢、噢噢噢噢噢噢噢噢噢噢噢……！」

這幅美如畫的景緻，牢牢吸引住了包含我在內的班上所有人目光。春風散發的負離子療癒人心，看到她那副軟綿綿的表情，自己也會忍不住揚起嘴角。剛才的紛爭被拋到九霄雲外，每個人都自然而然露出了笑容。

「——我聽到你們講的事情了。」

……不對。

只有一人對這陣暖心的熱流視若無睹。

一名淺水藍色短髮的學妹用格外帥氣的動作拉開教室前方的門，就這樣面無表情且毫不客氣

地往我們走過來——沒錯。

「三、三辻……？」

她就是「冰之女帝」三辻小織。

ＳＳＲ結束後得知她和我念同一間學校，從此以後她就常常像這樣來我班上玩。儘管她上次的「還我內褲」發言導致班上的人一開始都用奇怪的眼神看她，但「也許單純是個怪咖吧」這樣的意見似乎慢慢把先前的看法抵銷了。

好像還出現了狂熱粉絲，認為那種淡然的視線令人欲罷不能。

「你們要去探望雪菜吧？」

默默很受歡迎的女子——三辻，點了一次頭後，再次緩緩開口道：

「我也想去。」

「咦？可是……妳跟雪菜不是感情不好嗎？」

沒錯。雖然我不曉得原因，但雪菜到現在還對「內褲事件」耿耿於懷，也因為這樣，她和三辻很難稱得上是關係不錯。

然而，三辻絲毫不顧我的疑慮，充滿自信地微微點了點頭。

「嗯，對，我們感情不好，所以才想趁這個機會解決掉。」

「什麼解決掉……妳用字遣詞的拿捏實在令人擔心，但我知道妳想表達的意思啦。只不過，

那傢伙的感冒好像滿嚴重的，妳今天還是別來吧。」

「不用擔心。別看我這樣，我可是很容易生病的。」

「……嗯？我剛才有聽錯嗎？妳是不是要說不容易生病？」

「不是。我非常容易生病，所以感冒反而是家常便飯。反正就算不去也會生病。也就是說，我才是最強的、天下無敵的……天才。」

「…………」

能對「體弱多病」這一點如此自豪的傢伙也不多見。

我感到有點不爽，決定小聲調侃她一下。

「……妳明明就輸了上次的遊戲（SSR），早就不是『不敗戰姬』了。」

「…………………………………………」

「欸，很恐怖耶！一言不發不斷逼近超恐怖的啦！我道歉就是了嘛！」

三辻逼近到快碰到彼此鼻子的距離，我猛抓住她的雙臂，好不容易才把她推回原本的位置。

但是，那雙纖細又嚴厲的眼眸依然狠狠地瞪著我，彷彿要貫穿我似的。看樣子她不允許我選擇投降以外的選項。

「…………唉。」

於是，我、春風、三辻，再加上手機裡的鈴夏，在此強行組成了探望雪菜小隊。

#

「哎呀，真沒想到會在這種地方遇見你們呢。」

我們在來往學校路上的超市買完各種東西後，正悠閒地往雪菜家前進。

結果在路過某個公園時，「頭頂上」忽然傳來了這道聲音。

「——嘿。」

隨著細微的呼氣，輕盈的落地聲鑽入耳中。

穿著眼熟的灰色連帽上衣與熱褲，用兜帽遮住上半張臉，只有嘴邊叼著的棒棒糖清楚可見的無業遊民——瑠璃學姊登場了。

「哇……嚇了我一跳。」

一如既往充滿活力的登場動作似乎嚇到了我身旁的三辻（順道補充，她的表情沒有任何變化），但習慣是一件很可怕的事，見過無數次這種景象的春風就很平常地打招呼：「妳好，瑠璃小姐。」還回以溫柔的笑容。

我也決定這麼做。

「妳好啊，學姊。今天是『這一種』呢。」

「什麼這一種？哦，你是說我今天內褲不是清純的白色，而是成熟的黑色吧？……奇怪了，我又沒有穿裙子，你怎麼會知道這種事？你什麼時候變成透視超能力者了？」

「說什麼啊，那種事情我一句都沒提到吧。」

「那你難道是在說我今天不是危險期而是安全——」

「沒有！我也沒在說那種事情啦！」

我打斷她開玩笑似的話語，往前踏出一步。我這麼做絕對不是因為春風的視線很刺人，而是學姊嘴裡總是含著糖果，所以要站近一點才聽得清楚她的聲音……呃，這真的不是藉口。

「就說妳搞錯了，我只是想說妳今天不是姬百合模式而已啦。總覺得最近比較常看到那種模樣。」

「哦，可能吧。畢竟『姬百合七瀨』是我的理想模樣嘛。打扮起來很舒服，『變身』的頻率就在不知不覺間變高了……對了，聽說你現在要去探病是吧？」

「妳從誰那裡聽到的啊……不過，學姊的情報網一直都很莫名其妙就是了。妳說得沒錯，不只我，春風和三辻也會一起去。」

「原來如此，那我也——」雖然想這麼說，但實在是太大陣仗了。對於自認極度怕羞的我來說，有點超出負荷。」

說完，學姊稍微拉下兜帽，偷瞄了「三辻」一眼。

「……唔嗯。」

我想，按學姊的個性——瑠璃學姊與天道同樣隸屬斯費爾先進技術開發部門第三課，以自己的興趣為優先，並且一股腦地追求到底，因此對於在地下遊戲以名列前茅著稱的「冰之女帝」，應該具有不同尋常的執著吧。

她從剛才就心神不定地晃動著全身是最好的證據，然而……

「……？幹嘛？」

「哦、哦哦，沒事，那個，呃……嗯。今天還是算了吧。」

在那雙總是難以捉摸的透明眼眸靜靜地回視下，極度怕生的學姊似乎就放棄繼續對話了。她想要掩飾似的連連搖頭，再次轉向我。

「那麼，話說回來——就像剛才說的，我很遺憾沒辦法去探病。與其說是怕生，其實只是有點忙而已。所以，雖然很不好意思，請幫我帶幾句話……不對，請幫我將這個等同於我生命的棒棒糖交給她吧。」

學姊彷彿突然想到什麼一般，將一隻手伸入連帽上衣的口袋中，掏出一根用彩色包裝紙包住的棒棒糖。她用憐愛的眼神注視著那根棒棒糖，然後萬般不捨地放到我的手掌心上。

「……聽好了，就算看起來再怎麼好吃，你也不准偷吃喔。萬一你觸犯了這項禁忌，那就請你當作我們之間的關係就到此為止了。」

「?慢著，這個罰則會不會太沉重了啊?雖、雖然我是不會偷吃啦……咳咳。總之，謝謝妳。那傢伙對甜食一向來者不拒，想必會很高興。」

「嗯，那就好——啊，對了，『你不問一下嗎』?」

「?……呃，問什麼?」

感覺學姊的氛圍倏然一變，我微微皺起眉……這是非常意味深長的問題。不對，以瑠璃學姊的情況而言，有可能只是意味深長但其實沒有任何意思，也有可能真的是逼近核心的問題，她就是這麼惡質的一個人。

在那浮現微笑的嘴邊，棒棒糖的白色棒子前端搖晃了起來。

「哎?光就目前來看，還沒有什麼好擔心的啦。不過，『我很忙碌這件事對你來說，本來就稱不上好消息』吧?」

「咦……?…………?學姊，這個意思是——」

「不行喲，我不可以再透露更多了……但是，我算是給過你忠告了喔。你想想，就是那個嘛。如果不這樣仔細地鋪好伏筆，之後不就會被揶揄事情來得太突然嗎?我也不想被你怨恨嘛。所以這就是所謂的『妥協點』。」

瑠璃學姊的嗓音始終沉靜而溫和，她的忠告說到這裡便輕輕落下帷幕。

「…………」

學姊很忙碌的「意思」……原來如此，這確實是危險事態。簡單明瞭地表達出「斯費爾內部有動作」。而且，那個「動作」恐怕會對我造成天大的麻煩。

因此——她要我趁現在盡量「做好心理準備」。

「…………謝謝妳告訴我。」

我勉勉強強擠出這句話，然後目送揮手離去的學姊背影。

#

遇到瑠璃學姊數刻後，在雪菜家進行的「探病行為」非常順利又風平浪靜且極為完美地收場——那就見鬼了。春風就算了，要求三辻和鈴夏自重實在有點強人所難。

事情經過簡略如下。

首先，三辻一進入家門，就開始毫無顧忌地盯著雪菜的臉看。

春風意氣風發地開始煮粥，但怎麼煮怎麼失敗，結果看不下去的鈴夏在旁邊一個勁兒地介紹各種原創食譜，導致滿溢獨創性的物體X差點驚爆誕生。

我逃也似的回到房間，正好看到三辻在幫雪菜換衣服。

經過一番拚命解釋後沒多久，跟著春風回來的鈴夏說了句「噢，三辻之前用垂水做過脫衣服

的練習嘛」加深了誤會。

於是，以半裸的雪菜為中心，現場化為實質修羅場——我以為會變成這樣，結果春風把端來的那個「看起來像粥的東西」分給大家。「「「……是可以吃的東西。」」」「這、這種感想有點過分耶！」經過這些對話才勉強讓氣氛緩和下來，簡直是既慘烈又亂七八糟的發展。

不、不過……雖說亂七八糟，雪菜看起來還是很開心，後來對三辻的態度也變得比較溫和。我們探病的目的是「為雪菜打氣」，所以大致上可說是成功了吧。

——因此，隔天在第六節課的課堂上。

『呵呵，垂水真壞耶～已經是不良學生了呢，你這個不良仔。』

我活用坐在教室最後一排的優勢，在桌子下方專心操作手機。

「……我只是聯絡一下事情而已啦。很快就結束，拜託妳安靜一點。」

我一邊努力跟被鈴夏害得明顯缺乏操作性的鍵盤搏鬥，一邊傳訊息給某人。過沒幾分鐘，所有文章都顯示已讀，接著對方就回傳了以下訊息（順便說一下，唸出來的不是S〇ri，而是鈴夏）。

『「——啥？問我最近有沒有舉辦地下遊戲的跡象？我哪知道啊，至少本大爺沒聽說啦。真有的話，我比你更想知道咧。上次都已經被你和女帝——呃，這邊我跳過不唸喔——我沒差啊。如果你要參加的話——抱歉，這邊也跳過——所以啊，夕凪，我想說的就是『鹽烤是邪道，唯一

支持醬燒』這樣」，這到底在說什麼啊！』

「大概是在講烤雞肉串吧。還有妳太大聲了啦，要被發現了。」

我用手指堵住手機揚聲器，並小聲安撫著鈴夏。雖然我懂她想抱怨的心情，但那傢伙又不是能用常識溝通的對象，光是生氣也沒辦法吧。

——話說回來……沒有舉辦地下遊戲的跡象嗎？

昨天瑠璃學姊絕對是在暗示「有地下遊戲」，但看來目前還沒開始募集參加者（玩家）。不過，我趁午休去確認後，發現學姊今天也請假沒來學校。現在要鬆懈還有點為時過早。

「呼……」

為了紓解開始停滯的思緒，我這時候先抬起頭。週二第六節課是英文課。看起來剛完成教育實習的年輕女老師正拚命地解說文法。

像是現在完成式啊，還有過去分詞之類的。

我打算切換思緒去理解講課內容——正好就在這時候。

——鏗一聲輕響，忽然間「世界陷入沉眠」。

「……………咦？」

一股猛烈的惡寒襲來，我忍不住站起身，光是如此就造成了劃破教室氛圍的巨大聲響。儘管我有一瞬間嚇到打了個哆嗦……但仔細一想，這沒什麼好奇怪的。畢竟「每個人都在睡覺，導致教室內悄然無聲」。

平常絕不允許打瞌睡的班長也不例外。

還有每次都在段考力拚第一名的資優生。

就連老是說上課非常有趣的春風也一樣——不僅如此，直到剛才還因為手搆不到黑板上半部而不斷蹦跳的老師也失去了意識，陷入沉睡之中。

——不對。

「與其說他們是睡著了，這是……」

為了驗證忽然想到的「可能性」，我再次取出放在口袋裡的手機，然後在圖形鎖的畫面上滑Z字——才怪，我很正常地解除密碼，進入畫面……到這一步就已經確認完畢了。

「不在。」

「鈴夏不在」。占據畫面中央長達兩個半月的她不見蹤影，恢復成原本很方便使用的ＵＩ。這是絕對無法以集團睡眠之類的事情來解釋的矛盾點。「正因如此」，另一個假設也在瞬間增添了真實性。

「難道說……『大家都登入了嗎』？」

沒錯，就是這樣。

包含春風在內的同班同學確實都像是睡著了，不過，「這樣的狀態也符合『登入斯費爾的地下遊戲時，留在現實世界的身體』」。我以往都是透過與別人交換身體的形式來參加地下遊戲，但其實換作一般玩家的話，都會變成「這種模樣」。而且，套用這個假設也能解釋鈴夏消失的原因。

「可、可是……既然如此，那就是強制所有人一起登入了……這有可能嗎？就算是斯費爾，要玩這種把戲應該也——」

沒那麼容易吧。

原本要接續的話語沒能說到最後。

「——？」

喇啦一聲，拉門被拉開了。無聲的世界產生了聲響。

從那裡走進來的——是一名「女性」。

她身材苗條修長，一襲套裝打扮，但穿的不是窄裙，而是西裝褲。一頭齊肩的烏亮秀髮相當俐落，清秀的五官與伶俐的眼神交互相映出一種公私分明的印象。年紀大概二十七八歲吧。如果在商業區擦身而過的話，單純只會覺得這樣的女性很「帥氣」。

她緩緩走近我，並開口說道：

「——你是要說，不可能做出這種把戲嗎？」

「……」

「你錯了，做不做得到不是由你決定。斯費爾每一天都在進化。難得你具備了敏銳的洞察力，不妨試著多相信自己的直覺一點。」

「……但、但是，要怎麼做到這種事情——」

「關於ＨＯＷ（怎麼做）的問題，道理和ＲＯＣ如出一轍，就是單純的操作而已。只要預先準備好規模足以容納這裡所有人的遊戲世界（伺服器），再把共通的登入條件設定為『時間走到下午三點』就可以了。」

——我立刻看向牆上的時鐘，現在時間是下午三點八分。

登入條件取決於「時間」，而非個別的「行動」……原來如此，這樣的確可以解釋現在的狀況。由於是受到外部因素影響才被擅自拉進遊戲世界，因此班上所有人同時倒下可說是理所當然的結果。

想到這裡，我開始領會過來了，然而……

「『不，你這個理解是錯誤的』。或者也可以說是『不夠充分』。」

「……不夠充分？」

「是的。將視角侷限在班上就太狹隘了。畢竟，『現在將意識送進斯費爾遊戲伺服器的，是

這所學校裡除了你以外的所有人——大約2250名，無一例外』。」

「啊——？」

我的腦子已經一團亂了。

不是只有班上的同學而已，整間學校的所有學生都被強制登入了……？為什麼要這麼做？照理說，沒有人擁有地下遊戲的參加權，也沒有表態想參加的意思，但硬是把2000人以上牽扯進來的目的是什麼？

「…………」

我將右手輕輕放在後頸上，平復內心的動搖與混亂。

視線移往教室後方，春風的幸福睡臉再次烙印在我眼中。

「你理解情況了嗎？」

「……嗯。雖然有非常多疑問，但總之是可以跟上話題了。」

「那就好。我很高興你是個聰明人。」

女子用看起來一點也不高興的表情這麼說道，並將一隻手放在套裝的胸口上。

接著，她既有禮又恭敬地——或者說假惺惺地鞠了一躬。

「我還沒自我介紹吧。那麼重新來一次——我是星乃宮織姬，掌有地下遊戲統籌指揮權、電腦神姬管理責任全權，以及目前斯費爾股份有限公司的一切決策權等等……沒錯，如果覺得太複

雜的話，把我視為『斯費爾的實質領導人』也無不可。」

「────」

她說了聲「請多指教」，並露出商業化笑容，伸出手要跟我握手，而我只能僵在原地，無法做出任何反應。

#

……我之後才從瑠璃學姊那邊得知一件事。

斯費爾的幹部似乎不存在論資排輩的概念。

比方說，過去朧月詠雖然對天道白夜懷抱著異常的自卑感，但他們在斯費爾裡的地位是同等的。其他幹部也一樣。正因為認可彼此，也因為不想認可彼此，他們才能維持對等的關係。

除了一人──「星乃宮織姬」。

只有她是特別的。即使在集結了稀世天才的斯費爾幹部之中，她與生俱來的才能依然沒有遭到埋沒。由於差距過於懸殊，也不會引來嫉妒，就是一個具有「超凡」地位的活傳說。

不過，理所當然會如此。像她這樣的人，必定要受到「特殊待遇」。

畢竟──最先「破解」所有謎團重重的Enigma代碼，並藉由編入ＡＩ來「創造出電腦神姬

『一號姬』」的人，其實就是星乃宮織姬。

「…………所以呢？」

聽完星乃宮的自我介紹後，我始終假裝自己很淡定，緩緩開口說道：

「到頭來，這究竟是怎麼一回事？以打招呼而言未免也太粗暴了吧？」

「粗暴？不，我並沒有直接加害於他們。」

「……這是因為這些人是『人質』吧？」

「說得真難聽，我可沒有那個意思喔，至少目前沒有。」

星乃宮靜靜地搖搖頭……這是最糟的一種回答。這無非是實質性的支配宣言，表示她可以憑「心情」來決定這裡所有人的命運。

「真是一針見血的看法呢……嘻嘻。」

也許是看穿了我的內心，她輕笑了幾聲。

「我明白了。要是你如此提防我的話，我也不太好行事，是該好好說明清楚了。那麼首先是我出現在這裡的原因。」

「……嗯。」

「這問題很簡單。你透過兩個遊戲奪走了我們的至寶——電腦神姬二號機與五號機，我想請

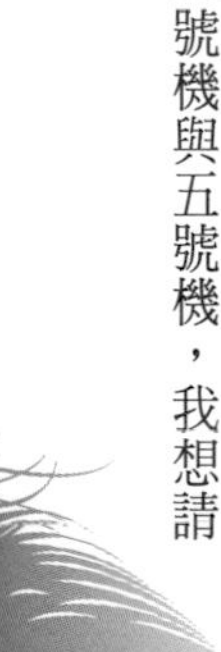

你『物歸原主』。」

「…………！」

原來——原來是這樣。的確，我一直很清楚「這一天總會來臨」。

對斯費爾而言，電腦神姬也是充滿未知事物的最新技術（Irregular），具有無法估量的研究價值。他們想當然不會輕易放手，更不可能容忍現在有兩名電腦神姬落到我手上。

——然而。

「……是你們自己太沒用才失去她們，現在又說需要她們而叫我物歸原主……這不會有點自私嗎？」

「沒錯，我當然明白這一點。那兩具電腦神姬的所有權毫無疑問是屬於你的，這我同意。只不過——若是如此，你也必須同意『電腦神姬的所有權會依照遊戲結果而變動』。我有說錯嗎？」

「這……是沒錯……慢著。所以說，這種狀況本身該不會就是『遊戲』吧？」

我一邊環視陷入沉睡的教室，一邊反問道。

學校裡的所有學生現在都被強制登入……這就是她為了奪回春風和鈴夏的「遊戲」？是這樣嗎？

「是的，我也一併說明這部分吧……不過，在這之前。」

星乃宮說到這裡便暫時打住，只見她踩著沉靜的步伐走到講桌前面，接著——她從教室最高的位置俯視室內，張開雙手，滔滔不絕地說起話來。

「你不覺得……『這實在是極其美妙的光景嗎』？」

「…………啊？」

「仔細想想吧。此刻在這裡沉睡的他們，全都失去現實世界的意識，進入遊戲中的世界。沒錯，就是你所知道的那個被做得既精巧又完美的『虛假世界』……而那裡的管理員是我們斯費爾。也就是說，只要沒有我們的同意，他們就無法登出；只要我們沒有揭露資訊，他們甚至『不會發覺自己置身在遊戲之中』。

你知道這代表什麼意思嗎？……嘻嘻嘻，你果然很聰明呢。

儘管目前只有這所學校在適用範圍內，但若能備足條件——也就是我手上有所有的Enigma代碼，便能飛躍性地擴大這個規模。可能足以籠罩整個日本，或者是全世界也說不定。

假如這件事得以成真。假如我們能『帶走』全人類。

那麼——『這與征服世界有何不同』？」

「什……？」

——這番話簡直「太不尋常」。

征服世界……？我沒想到在這個時代還能聽到這個詞。而且不是單純的妄想，感覺真的會實現才是最可怕的一點。的確，「只要沒察覺到自己登入遊戲，現實與遊戲就沒有差別」。而斯費爾在遊戲中會成為絕對的統治者，將整個世界掌握在手中。

這個「野心」的規模（Scale）大得不切實際，荒誕無稽又虛妄無理。

像這種事情……只要「我在遊戲中落敗，春風和鈴夏被奪走就能輕易地實現」嗎？

「你不相信也無所謂。你想當作笑話的話，那就這麼認為吧，我不在乎。反正遊戲結束後，你縱使不願意也會清楚地意識到這一點。」

「……不、不對，等一下。若是這樣，為什麼只有我留在這裡？妳不是要征服世界嗎？那應該連我也不例外才對啊。」

「不，『你是例外』。倒不如說，你不是例外的話，誰才是例外呢？」

「咦……？」

我不禁露出疑惑的表情，星乃宮則感到可笑似的勾起嘴角繼續說下去。

「記得你以前參加過的地下遊戲嗎？當時還沒有人知道如何控制Enigma代碼，在半強行通過的情況下舉行的第一個遊戲……那個遊戲不像現在有『具備部分代碼的電腦神姬』作為媒介，而是直接套用『代碼全文』來運作。正因如此，代碼的影響非常猛烈，許多參加者都失去了理智，堪稱斯費爾史上出現最多受害者的失控事故。」

「……說得好像與自己無關一樣呢。」

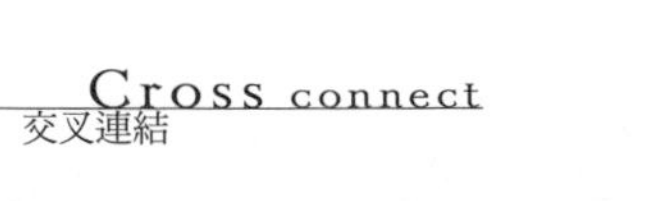

「惹你不開心了？實際上，我真的沒有參與那個遊戲，一切都是間接聽來的……不過，這件事就先擱置一旁吧。姑且不論真實情況，你參加了那個惡魔遊戲，並且保持理智拚到最後。

——我直接把話講白了。『你是這世上受到Enigma代碼影響最嚴重的人』。身體深受代碼侵蝕，或者說受到了『感染』。

正因如此……你才會像這樣成為例外般的存在。」

「正因如此……？什麼意思？」

「就是字面上的意思……你之所以留在這裡並不是偶然，也不是我的計謀。你只是出於自己本身的特殊性——說得更精確一點，就是侵入你體內的『Enigma代碼有「防拷機制」，所以無法創造出虛擬形象，也不能用正常方法連結到遊戲世界』。」

「——————！」

這是如同晴天霹靂一般的衝擊。

這樣啊……原來是這麼一回事嗎？

所以是這個原因導致我過去參加斯費爾的地下遊戲都會陷入那種麻煩狀況中嗎？與春風交換身體的ＲＯＣ、與鈴夏交換身體的ＳＳＲ，這兩個遊戲當然都藏著ＧＭ的盤算，但歸根究柢，

「我本來就必須借用別人的身體才能登入地下遊戲」。

而造成這一切的「元凶」，正是「Enigma代碼」。

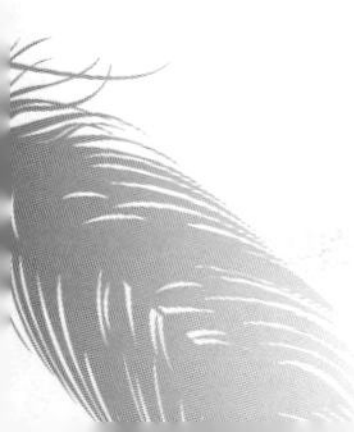

從前我帶著無論如何都必須實現的願望而參加的地下遊戲——在春風和鈴夏誕生前所舉行的「原初惡夢」中，似乎有不明的「某種事物」干涉了我的身體。

「…………」

得知這個超乎想像的資訊，我不禁垂頭沉默下來……由於混亂與接受、動搖與理解同時席捲而來，我花了一番心力去整頓情緒。但是，最起碼我不後悔。就算給我重來的機會，我應該也會採取同樣的行動。

因此……比起那種事，現在更重要的是「星乃宮是電腦神姬一號機的製作者」這個事實。

根據她的說法，不同於引發失控的第一個地下遊戲，現行遊戲都是利用電腦神姬的力量來管理。換句話說，「以最快的速度解析如此謎樣的Enigma代碼，並使其進化為電腦神姬的形態，甚而正式推動地下遊戲的始作俑者，就是星乃宮織姬」。

沒錯，她這個人——無庸置疑是個天才。

「……看來你大致理解情況了呢。」

不曉得星乃宮是如何解讀我的沉默，她過於淡定地開口說道：

「如同我剛才說的，你是斯費爾有史以來出現的第一個異常人物（Irregular）。像你這樣的立場與角色，照理說不應存在。但正是如此，正因為你是不包含在原來劇本裡的『例外般的存在』，才有辦法與我們對抗。

所以——『來比一場遊戲吧』。

我想要的是你擁有的電腦神姬二號機與五號機。同樣地，我這邊奉上的是電腦神姬一號機『秋櫻』。我們賭上彼此的電腦神姬，相互爭奪。在我勝出的當下，所有Enigma代碼就會到齊，『世界會落入斯費爾的掌控中』；不過若你贏了，這件事當然不會發生。你可以預先阻止我『征服世界』的野心，並且按照慣例得到『任何一個』你想要的報酬。

也就是說——沒錯，直到一切都搶奪殆盡為止。

直到其中一方完全跪地認輸，另一方徹底獲勝為止。

——就由你和我，來進行一場戰爭（遊戲）吧。」

#

「所以說……一天沒見了呢，你還好嗎？」

我接受了星乃宮織姬提出的「遊戲」邀請後，依照她說「請稍等一下，主持人很快就過來」的指示，盯了時鐘的時針五分鐘左右。

這時，門唰啦地打開，走進教室的是穿著連帽上衣的瑠璃學姊。

「耶嘿，我來嘍♪」

「……妳好啊。嗯，算是還行吧。」

「咦……奇、奇怪了？你這個反應會不會有點過分啊？這豈不是讓突然開始在語尾加♪的我顯得很可憐嗎？」

「不是啦……妳之前都暗示得那麼明顯了，誰都猜得到啊。如果這時候出現的不是妳而是天道的話，我的反應說不定會比較合乎妳的期待吧。」

「噢，原來如此，該讓他來才對嗎？我的作戰失敗了呢，嗯。」

學姊不知為何有點不甘心地搖了搖頭……所以要是換了個作戰方式，就有可能換天道來嗎？這麼一想，我或許該對於學姊來到這裡一事致上更多的感謝。

「好了，不說這個了——怎麼樣？你看到現在的我，有沒有什麼『感想』呀？」

「……感想？」

我重複她的話語反問回去，而她則露出惡作劇似的笑容（但只看得到嘴巴），當場轉了一圈給我看。

不過，要我講感想的話……老實說，她看起來就是穿著平常的連帽上衣和熱褲。雖然大膽露出的大腿還滿性感的，但她一直都是這樣，應該沒有關聯吧。那麼，她指的一定是旁觀者無法判斷的部分。

「——髮型很適合妳喔。」

「我又沒剪頭髮……搞什麼啦，你是笨蛋嗎？竟然敢憑直覺誇獎女性的頭髮，膽子真不小嘛。」

「唔……對、對不起。」

「沒辦法了，我就告訴你吧。平常有仔細觀察我的話，一眼就看得出來了。因為——其實我今天呢，『臉頰比平常還要紅兩成』喲。」

「……臉頰變紅？」

「嗯。而且還是兩成……你仔細想想，雖然大家都在睡，但現在可是被這麼多人給包圍喔。集發汗、發熱、發情三種痛苦（Triple Punch）於一身。光是站著，身體就熱到快抓狂了，所以我現在看起來一定非常煽情吧……啊，糟糕。一旦開始意識就突然害羞起來了。大家都在看我……在看……啊……不、『不要看啦』。」

才剛覺得瑠璃學姊的呼吸變紊亂，就看到她整個人軟綿綿地跌坐在地上，雙手用力把兜帽往下拉。那微弱的聲音與嬌弱的舉止實在很「女孩子氣」，從她平常的超然態度很難想像她會有這副模樣，因此我只能下意識地移開視線，撓了撓後頸。

……總覺得節奏都被她打亂了……

「——真、真抱歉。我剛才好像有一點，不對，是非常慌張。」

結果經過了將近十分鐘左右，學姊才重新振作起來。

雖然星乃宮織姬在這段期間完全沒開過口，但她似乎是為了排遣無聊，現在正把後背輕輕倚靠在黑板旁邊。

瑠璃學姊瞄了她一眼後，便小小地清了一聲喉嚨。

「那麼就重振心情，開始遊戲教學吧。好了，你也快過來這裡。」

看到學姊招了招手，我便往講臺走去——這時。

「哦，這是……」

那裡擺著一台我非常眼熟的斯費爾製「終端裝置」。儘管在現實世界是第一次見到，不過我在ROC和SSR都承蒙這玩意兒非常多照顧。格外印象深刻的是，可以看到中心部鑲著一顆類似菱形寶石的東西。

「嘿喲。」

學姊輕觸表面後，終端裝置就咚地一聲啟動了。

一開始展開的是跟平常相同的小型投影畫面，但逐漸擴大，最後變成與整面黑板重疊的大小。

「……原來如此，是簡易的螢幕啊。」

「沒錯。反正就是重視易讀性吧——那麼，重新介紹一次。

裏ゲー

我是瑠璃，負責這個遊戲的進度管理、調解與監督等重任。

這次你和她——不對，既然是以世界為賭注的重大遊戲，還是完整地稱呼全名吧。這次玩家名稱『垂水夕凪』與玩家名稱『星乃宮織姫』要參加的是E.x. Unlimited Conquest——簡稱EUC。

簡單來說，就是『電腦神姬之間的「鬼抓人」』。」

隨著學姊的聲音，畫面瞬間切換，在黑板中央映出EUC三個字……是採用語音輸入來操控嗎？雖然我不清楚構造，但無論如何，詳細規則似乎還是寫出來比較容易理解。

話說回來——這次是鬼抓人啊。

「還真是直白的比賽（遊戲）內容啊……我按照字面上的意思來解讀就可以了吧？而不是什麼比喻。」

「嗯，沒問題喲。詳細規則稍後再說，EUC的基礎就是你腦中想到的樣子沒錯，是名副其實的鬼抓人。只不過還要追加『隊伍制』的新概念。」

「……隊伍制？」

「對，沒錯——首先，你們兩個玩家要對隸屬自身『陣營（隊伍）』的電腦神姬下指令，『捕獲（Capture）』對手陣營的電腦神姬。成功的話，抓到的電腦神姬就會加入自身陣營。重複這樣的操作，最終『得到所有電腦神姬的玩家就是勝者』。」

「嗯…………」

我一邊在腦中慢慢消化學姊的說明，一邊看向黑板。

『地下遊戲名稱：E.x. Unlimited Conquest』

『勝利條件：其中一名「玩家」讓所有的「角色」加入白身陣營。』

『所謂的「玩家」，指的是「垂水夕凪」與「星乃宮織姬」。』

『所謂的「角色」，指的是「擁有ＥＵＣ終端裝置的所有電腦神姬」。』

『各「角色」所屬陣營以終端裝置表面的寶玉散發的光芒作區分。』

「……原來如此。」

看來這個菱形寶石叫做「寶玉」。

雖然現在單純是裹上黯淡的灰色裝飾，但遊戲開始後，春風她們戴上終端裝置就會發出光芒，並且呈現所屬陣營的顏色。

「簡單來說，就是用寶玉的顏色來「分組」吧。」

「沒錯。順便補充一下，你的陣營是設定成藍色，而織姬大人的陣營則是紅色喲。所以只要讓所有『角色』的寶玉都發出『藍色』的光芒，你就贏了。」

「為此，我必須『捕獲』星乃宮那邊的電腦神姬……雖然說是鬼抓人，但感覺上比較像『兩邊都負責當鬼的鬼抓人』。」

「或者也可以說是『小偷也具有攻擊能力的警察抓小偷』。不過腦中有概念就好，要怎麼形容都無所謂——如何？現在有問題就盡量問，我都能回答喔。」

「呃……我想想。」

那就問一題吧。我靜靜地豎起食指。

「既然『得到所有電腦神姬』是勝利條件，那電腦神姬三號機、四號機之類的也會參加這個遊戲嗎？」

「噢，這個啊。」

大概是一開始就猜到我會問這個問題，只見瑠璃學姊大方地點了點頭，藏在兜帽下的視線拋向身後的星乃宮。

接著，她就若無其事地如此答道：

「這部分請你放心。三號機與四號機一概不會參加這次的遊戲。若是要明言規定的話……嗯，『電腦神姬三號機與四號機不能持有終端裝置，不具有參加ＥＵＣ的權利』，就決定是這樣吧。」

「……原來如此。她們根本不會參加啊。」

「是的。畢竟增加我這邊的初始成員實在不公平……因此，雖說是得到所有的電腦神姬，但實際上『只有三人』會參加。以你的情況而言，只要捕獲我的『一號機』——秋櫻，立刻就通關

了。」

星乃宮露出滿面微笑，像是在說「這是很不錯的『讓步』吧？」似的，並直勾勾地注視著我。面對那雙彷彿在試探的眼眸，我輕輕嘖了一聲。

「讓步啊……坦白說，雖然我很不爽被妳看扁，但既然妳要讓步，我就欣然接受吧——嗯？不過，先等一下。電腦神姬本來就是斯費爾創造出來的吧？既然這樣，遊戲開始之後還不是可以增加嗎？」

「……你真的是很會耍鬼點子的人耶。我絲毫沒有動過那種念頭——真是沒辦法。瑠璃，在基礎規則加上一條『這個遊戲的「電腦神姬」乃是指「制定本規則時保有部分Enigma代碼者」』。」

「嗯。明白了，織姬大人。」

瑠璃學姊的手在空中揮舞了一番，光是如此，星乃宮剛才說的規則就如實記載在黑板上……目前持有部分Enigma代碼的存在正是「電腦神姬」。也許是因為這條規則純粹是用來防止後續機種的加入，所以並沒有特別強調是ＡＩ或斯費爾製之類的。

……咦？這樣的話，該不會——

「唉……我說你啊。抱歉在你目不轉睛地閱讀文字的時候打擾你，不過你『只是被侵蝕而已』喔，情況和直接把代碼嵌入的電腦神姬不一樣。你用不著露出那種『原來我是光○美少女……？』的表情。」

「……沒啦沒啦，我怎麼可能那麼想。」

其實有想過一點點啦。

不、不過，總而言之，這樣星乃宮那邊就沒有動歪腦筋的餘地了。參加ＥＵＣ的電腦神姬就春風、鈴夏，以及一號機——好像叫做秋櫻——這三人而已。在這其中，春風和鈴夏已經隸屬於我的陣營，所以星乃宮說得沒錯，只要「捕獲」了秋櫻，遊戲當下就會結束。

「我大致理解了……不過學姊，這會不會有點太簡單了啊？」

「唔，你是這麼想的嗎？那正好，『正題』還沒說完呢。」

「啊……原來如此。也是啦，不意外。」

聽到預料中的回答，我聳了聳肩回應，而學姊那含著糖果的嘴巴微微上揚，繼續說道：

「『制定規則的規則』——這是ＥＵＣ（這個遊戲）最重要的核心。你們『玩家』擁有一天一次在ＥＵＣ『追加新規則』的權利。可以制定對自己有利的規則，也可以制定陷對方於不利的規則。總之，只要不違反『當下有效的其他規則』，就可以自由自在地立下限制（規則）——或者說建立遊戲的運作方式（規則）。」

「……呃，也就是說……『我們要自己制定遊戲規則』嗎？」

「嗯，就是這樣喲。」

我一邊看著微微點頭的學姊，一邊將右手輕輕放在後頸上。

由我和星乃宮兩人來行使一天一次「追加規則」的決定權，將原本不過是「有點特殊的鬼抓人」的ＥＵＣ慢慢「客製化」嗎？……原來如此，還滿有意思的嘛。

「但是──所謂的追加規則真的沒有任何限制嗎？雖然妳剛才有說不要違反其他規則，但如果只有這樣的話，舉例來說，『對手陣營的電腦神姬全都不准動！』這種蠻橫無理的規則不就也行得通了？」

「對，當然『行得通』喲。畢竟就是完全自由發揮嘛──『只不過呢』。」

學姊說到這裡暫且打住，往我靠過來一小步。接著，她不知為何壞心眼地勾起唇角，從斜下方窺探我的臉。

「我說過兩名玩家一天可以制定一次規則。這個『制定規則的階段』呢，是每天交換『先手』和『後手』來進行的。今天你先，明天她先。並不是同時的，而是有『順序』。

此外──這是非常重要且必然的設定──『後手制定的規則，不可以比先手制定的規則更強』。」

「不可以更強……？呃，也就是說，『後手制定規則時，規模「必須配合」先手所制定的規則』這樣嗎？」

「你這個理解沒問題喲……如果沒有這個設定的話，ＥＵＣ八成幾秒內就結束了。」

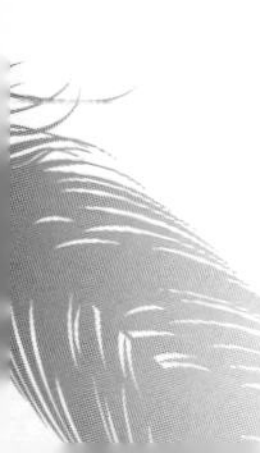

「……嗯。確實沒錯。」

要嘛就是第一天擔任先手的人，制定「對方無論怎麼反抗都贏不了」的有利規則，不然就是擔任後手的人想盡辦法「推翻先手的規則，徹底擊潰對方」。少了這個設定的話，很有可能「只剩下」這部分的較勁。

這個相互牽制的系統就是用來避免變成這種「剛開幕就結束的遊戲」。

「啊，所以瑠璃學姊該不會就是負責判定的人吧？」

「嗯？是呀。」

我忽然想到這件事便問了一下，結果眼前的學姊就一臉滿意地應聲點頭。

「你理解得真快呢。沒錯，就是這樣喲。接下來會使用判定用的終端裝置來測量規則的『強度』和『規模』等抽象的概念——不過，如果操作的人是素不相識的『敵人（斯費爾其他員工）』，你也不能放心吧？所以呢，始終以『中立派』自居的我就中選了。」

說完，學姊露出帶有成熟感的微笑，輕快地退開。

「總之，說明大概就這樣。關於規則的判定，我會負起責任公正地執行，你儘管放心吧……對了，還有一件事。

在遊戲執行上，每次制定規則都要選一名『自己陣營的電腦神姬』。然後呢——聽好嘍？只有『制定規則時選擇的電腦神姬隸屬自己陣營的期間』，規則才有效。」

「……？意思是說，假如『春風或鈴夏被對手陣營「捕獲」了，之前制定的規則就會同時消失』嗎？」

「嗯，對喲。當然，反之亦然。你從織姬大人那邊奪走一號機——不過，只要你那邊沒有人被奪走，遊戲就會當場結束了——她設定在一號機上的規則就會盡數消失。所以呢，概念上比較接近『賭注（Bet）』吧。」

「……賭注啊。」

追加規則之際必須選出一名電腦神姬，要是她被對手陣營捕獲，該規則也會跟著消失——原來如此，的確是很適合稱為「賭注」的設計。雖然並非遊戲開始後就立刻會發生什麼事，但還是記在腦中比較好吧。

「…………」

將學姊的說明從頭到尾聽完後，我決定先整理一下內容。

這次的遊戲——ＥＵＣ是隊伍制的鬼抓人。身為玩家的我和星乃宮要一邊對自己陣營的電腦神姬下指示，一邊捕捉對手的電腦神姬。得到所有電腦神姬就會勝出——以這個簡單的規則為基礎……但還有一個獨特的設計，那就是雙方玩家每天所制定的「追加規則」會累積起來。

也就是說，目前完全無法預測遊戲會有什麼樣的發展。

「——嗯，理解到這裡就很足夠了。」

學姊一語不發地注視我的表情一會兒之後，忽然說出這句話，接著點了點頭，拿起講臺上的終端裝置。只見她有點愉悅地勾起嘴角。

「接下來的詳細說明和終端裝置的用法等等事情，大概必須實際嘗試過才會了解——總之，現在就開始遊戲吧。」

「咦？可是……這樣的話……」

「——沒關係，第一天是『遊戲教學期間』。」

這時，之前都沉默著讓學姊帶流程的星乃宮突然插嘴說道。

「只有今天會固定所有『角色』的終端裝置顏色。就算遭到『捕獲』，陣營也不會發生變動。因此，你就盡情多方嘗試——『可別把輸掉遊戲的原因隨便歸咎於還沒熟悉遊戲』喔。」

「……………！………嗯，我知道了。這樣就好。」

星乃宮靠在牆上，朝我拋出了挑釁的話語，而我在那驚人的「壓力」之下依然不退縮，將她的視線壓回去。

E.x. Unlimited Conquest——ＥＵＣ。

粗略確認過規則後，這個遊戲並不存在特別不平等的部分。至少從我的角度來看完全沒有。若論蠻橫無理的程度，ＲＯＣ和ＳＳＲ的開場情況更加絕望。

這「應該」是因為ＥＵＣ是能夠根據做法來「取勝」的遊戲。

只要別搞錯，只要不失誤，這個遊戲「應該」是「有辦法攻略的」。

……是這樣沒錯吧？

「ＯＫ，既然已得到兩位『玩家』的同意，那就立刻展開遊戲吧。」

瑠璃學姊不理會我心中產生的些微疑惑，一邊晃著棒棒糖的棒子，一邊靜靜地為遊戲拉開序幕。聽到她這麼說，星乃宮的背部瞬間就離開牆面，我也輕輕甩了甩頭以切換思緒。

……雖然總覺得有哪裡不對勁，但現在先不細究了。

「我以判定者的身分詢問兩位喲。請提出ＥＵＣ第一天的追加規則申請——由先手開始。」

而我早就決定好第一天該制定的規則了。

「我想要的是『時間限制』。連續好幾小時進行遊戲的話，身體實在不堪負荷。所以，套用文本格式來說就是——『時間限制規則：ＥＵＣ的遊玩時間僅限每天遊戲開始後的三小時。賭注對象：鈴夏』。」

「這樣啊，算是滿穩妥的要求。我就感謝你把制定規則的機會耗費在原本該寫進基礎規則的事情上吧。」

我的規則即是——『鬼的輪替制規則：在一天的遊玩時間內，最初的一個半小時由「垂水夕凪」陣營當鬼，剩下的時間則由「星乃宮織姬」陣營當鬼。所謂的「當鬼」時間，指的是能夠使用「捕獲模式」的時間。賭注對象：秋櫻』。」

「……………嗯，兩個規則我都接受喲。我的判定評價是兩者幾乎同程度。」

瑠璃學姊輕柔平穩的嗓音填補了因為緊張與寂靜而出現的一瞬間空白。

「再補充一下，織姬大人的規則有提到『捕獲模式』，如同我剛才說的，這部分會在遊戲開始後再進行說明，這樣可以嗎？」

「啊，好，沒問題……另外就是，春風和鈴夏現在都已經在『另一邊』了，所以我應該可以正常登入吧？說是正常，但其實是『交換身體』就是了。」

「對，這是當然的。你想去另一邊的時候，快速按手機的電源鍵兩下就可以了。當下會跟座標相近的電腦神姬交換喲。」

「原來如此，我懂了──那接下來。」

我輕輕點頭，然後再次轉向星乃宮織姬。

……她是泰然自若地提出「把你在ROC和SSR贏得的成果全部還來」這種無理要求的規格外存在。而且還大言不慚地表示在奪回春風和鈴夏後，還要實行「征服世界」的野心，簡直是異端中的異端。

面對「魔術師」斯費爾的「頂點」──我站在講臺前，立於三十名以上同班同學沉睡的教室正中央，鼓足最大的拚勁撂下狠話。

「我只說一次，給我聽好了，星乃宮。

我不能把春風和鈴夏還給你們——不，是「不會」。所以，既然妳是來奪走她們的，那我勸妳還是做好覺悟吧。膽敢對她們出手，我必定盡我一切力量還以顏色，讓妳後悔到想死的地步。」

「……嘻嘻。嗯，好啊。我很期待。」

聽到我的發言，星乃宮織姬露出了「今天最燦爛的微笑」……不管她是發現我在虛張聲勢也好，還是發自內心歡迎也罷，這傢伙果然很棘手。儘管與她正面對峙，我卻有一種被隔絕在不同次元的感覺。

然而——這次和之前不同了，現在的我有非常多想要守護的事物。

「無論對手是斯費爾還是任何人，我已經不會再輕易退卻了」。

「——ＥＵＣ，啟動。」

在瑠璃學姊呢喃般的嗓音陪襯下，我實行了剛剛才聽到的登入條件。

＃

『ＥＵＣ正式啟動條件確認。』

『收到兩名「玩家」的遊戲參加意願。』

『電腦神姬的終端裝置配備完畢。以「角色」的身分正式登錄。』

『指定場域：可依規則變動。指定時間：可依規則變動。』

『基礎規則與第一日追加規則讀取（Reading）完畢。各種設定構築（Set Up All Green）最終確認完畢。』

『E.x. Unlimited Conquest——開始。』

——EUC開始第一日，下午三點四十二分。

連按手機的電源鍵後，我瞬間就來到了遊戲世界（場域）。

不對，雖說是遊戲世界，但看起來和現實幾乎一模一樣。這裡是熟悉的校舍內，我不曉得自己的確切位置，不過是在某處走廊上。要說哪裡不同的話，大概就是比現實世界還要「昏暗」一點吧，

也許是因為放學前的班會已經結束了一段時間，周遭目前沒有其他人的蹤影。

「大家應該跟平常一樣去參加社團活動或回家了吧……沒察覺到自己登入遊戲就是這樣——嗯？這麼說來……」

我回想星乃宮說過的話，下意識地低頭看自己的身體。這一瞬間，敞開的胸口處透過紅色的眼眸刺激著我的腦髓。鮮豔的粉紅色髮絲柔美地流瀉下來，綴滿荷葉邊的哥德蘿莉塔禮服令人聯

想到魔王。也就是說——

「跟鈴夏交換了啊。」

「唔，沒錯喲～……咿嘻嘻。順便問一下，小凪比較喜歡誰的身體呢～？」

「不要講身體啦。這個問題快超出尺度了耶姬百——呃，咦？姬百合？」

背後傳來帶有惡作劇意味的嗓音，我直覺性地吐嘈了回去，並在稍遲一瞬後猛然回頭。不出所料，堪稱瑠璃學姊第二形態的紅髮雙馬尾小惡魔系女子（百合）——姬百合七瀨就站在那裡。

……嗯，沒錯。她站在那裡。

還笑咪咪地、心癢難耐地、炯炯發光地——用這種「獵食者」的眼神看著我。

「妳、妳從什麼時候——哇嗚！」

「看我抱緊……嘻、嘻、嘻～抓到鈴鈴嘍。咿嘻嘻，我之前幾乎沒參與到ＳＳＲ，妳後來又跑進小凪的手機裡，害我一直碰不到妳，不過現在終於可以盡情抱緊妳嘍～唔嗯嗯……啊，妳比小春春有料呢。欸，我可以摸一下嗎？隔著衣服就沒關係了吧～？」

「有……有關係啦！妳明明知道我不是鈴夏吧！」

「嗅嗅。呼呼呼。哇呀……呀嘻嘻嘻。」

「！？！？竟、竟然埋……不對，妳能不能聽人講話啊！還有放開我啦！」

「嗯～？咿嘻嘻。真是的，小凪你就是愛操心耶。放心放心，鈴鈴在的時候我也會好好享受

一番的。可是呢，對人家來說，小凪的反應也難以割捨呀～」

「？那、那種東西就該早點捨棄啦！」

「這有一點點難耶～唔，嗯……嘿！」

姬百合邊說邊繞到我背後，就這樣毫不留情地玩弄我的身體。無論是緊緊壓在肩膀附近的柔軟觸感、圍繞著脖子的甜膩氣味，還有不知何時纏上來的光滑裸足，在在都麻痺了我的思緒。

我的腦袋無法正常運轉。

只能將意識放在姬百合的手指，以及身體滾燙起來的部分。

「…………唔！」

於是，過了一分鐘後，我全身虛脫無力，輕微的吐息與撩過耳際的「放心喲～很舒服喲～」的說話聲融化了我的思考能力，反正都是女孩子，任憑她上下其手應該也沒關係吧——

『沒關係個頭啦！垂、垂水你啊！那可是我的身體耶！』

——差點就被這種念頭牽著走了。

突然攻占終端裝置，從現實直衝而來的「靈魂吶喊」，勉勉強強守住了我的貞潔。

「……所以說——」

我總共花了幾分鐘調整呼吸、心跳、服裝和頭髮。

在這段過程中終於冷靜下來後，我用陰沉的眼神沒好氣地瞪著眼前的少女。

「專程跑來性騷擾也差不多該滿足了吧？快回去啦，姬百合。」

「才、才不是呢～！抱歉抱歉，我是來進行遊戲教學的，不是什麼性騷擾啦。織姬大人特別准許我在第一天擔任小屈的嚮導喲。」

「……嚮導？才剛開局就浪費掉我不少時間耶……嚮導？」

「唔！……這、這是因為人家抑制不住滿溢出來的欲求嘛～大概就像這樣？」

「妳未免也太老實了吧！」

姬百合一邊「咿嘻嘻」地笑著虛應過去，一邊將雙手交握於背後，歪頭從斜下方窺探我的眼眸。也就是所謂的抬眸認錯姿勢。這動作往往看起來很做作，但這傢伙做起來倒是恰如其分，實在沒天理。

雖然並不是受到她的舉動影響，我還是吐出一口氣，微微搖了搖頭。

「算了。反正對妳生氣好像也無濟於事。」

『——咦？這、這是怎樣嘛，我一點也不想就這麼算了喔！』

這時，終端裝置的另一端爆出了抗議聲……的確，這麼說來，鈴夏才是這次的最大受害者。

話雖如此，要我現在登出遊戲讓鈴夏和姬百合見面實在很麻煩，而且我也不能再浪費寶貴的遊戲教學時間了——嗯。

「……話說回來，這個世界還真驚人呢。」

『無視？欸，敢把我冷落在一旁，看來垂水你膽子不小嘛！我之後會好好教你該如何對待淑女的，給我做好覺悟——是說，咦？不、不會吧，你說的該不會是朧月詠（那個人）偶爾會談起的星乃宮——等、等一下，垂水，先不要掛斷！交換身體就算了，我可沒聽說要跟「這種人」單獨相處啊！喂？』

「啊……那個，我之後再跟妳解釋情況。所以……妳現在快逃吧。」

『這還用得著你說嗎！』

「啪嗒」一聲，終端裝置忽地中斷通話，留下鈴夏的——不對，是現實世界的我的聲音在周遭迴盪著。

「……呼。」

在受到些微罪惡感苛責的同時，我決定回去思考剛才湧現心頭的「感觸」。

——ＥＵＣ的遊戲場域忠實呈現出現實世界的學校。

我從走廊的窗戶俯視狀似放學後的操場，發現許多學生都在那裡忙社團活動。有棒球、足球、田徑、網球以及其他社團。從這裡就看得出足足有上百名少年少女正勤奮地活動身體。

若這裡是現實世界，那就沒什麼好著墨的，這是再尋常不過的景象。

但是——這裡是「遊戲」，那邊的人全都是「在現實世界擁有實體的『人類』」。光是加上

這一點，情況就一口氣躍升到荒誕的程度。

「……真的好像世界轉移到這邊一樣。」

我不禁脫口說出這樣的傷感話語……不，現在已經不能樂觀地用「好像」來帶過了。萬一我輸給星乃宮，導致春風和鈴夏被奪走，我這個感想就會當場成真。

雖然聽起來像是玩笑話，但「世界會落入斯費爾手中」。

「咿嘻嘻。很抱歉一副置身事外的模樣……不過小凪你可是責任重大喲～」

聽到姬百合那調侃般的嗓音，我輕輕點頭回應，並再次看向裝在左手腕上的終端裝置。鑲在中心部的寶玉顏色是燦爛的「藍色」，也就是代表鈴夏隸屬垂水夕凪這一方。

「讓所有人的終端裝置都變成『這樣』，就是我贏了……沒錯吧？」

「嗯，沒錯沒錯。那麼，既然我都來了，就順便說明一下其他功能吧。小凪小凪，你先叫出終端裝置的主畫面看看～？」

「主畫面？……這個嗎？」

我聽從姬百合的指示，按照順序進行操作。畫面展開後，我的目光停留在右上方以綠色文字表示的「１００」上。

「這個數字是？」

「咿嘻嘻，小凪還是一樣眼尖呢。那是『電量』喲。簡單來說……咍～就是類似終端裝置的

『剩餘能量』吧？雖然現在是顯示為１００％，但其實會愈用愈少喲。」

「哦……原來如此。那這個變成０％的話，該不會就陣亡了吧？」

「沒啦，才不會呢～就算變成０也沒有任何罰則。電量會在每天的午夜十二點完全恢復，不小心用掉太多的人也不用擔心，很安全的。只不過……聽好嘍？如果電量用完了，這段期間就沒辦法使用終端裝置的功能喲～」

「終端裝置的功能……？」

——具體來說就是這樣。

『探查模式（Search）：推算出一名「角色」的所在地：消耗10％。』

『生成模式（Create）：生成一定時間內會消失的道具：消耗未定（因道具而異）。』

『隱密模式（Hide）：一定時間內進入完全「互相不干涉狀態」：消耗10％。』

『加速模式（Accel）：一定時間內提高身體能力值（Status）：消耗10％。』

『捕獲模式：讓一名「角色」的寶玉變成和自己一樣的顏色。ＥＵＣ的陣營變更只能透過這個模式來進行：消耗15％。』

「…………」

我目不轉睛地注視各種模式的說明，並靜靜地轉動思緒。

原來如此——之前出現在對話中幾次的「捕獲」就是這個啊。這是能夠改變電腦神姬陣營的

唯一手段。也就是說，我如果要奪走星乃宮那邊的電腦神姬，就不能只是單純抓到對方，還必須透過終端裝置使用「捕獲」模式。

此外，根據星乃宮設定的規則，能夠使用「捕獲」的時段已被區分開來，讓這個遊戲從「亂鬥制」變成「回合制」。上半局是我的陣營當「鬼」，下半局則輪到她的陣營追捕對手，所以我們反而只能不斷逃離追兵，正可謂是輪替制的「鬼抓人」。

到這裡都沒問題……但是，我有一件事很在意。

「問妳喔，姬百合。剛才鈴夏使用了干涉終端裝置的能力吧？這就代表電腦神姬的能力是『可以使用』的。那如果說得極端一點，就算不使用捕獲模式——」

「唔～？啊，不不不，我很遺憾地告訴你不可行喲，小凪。」

我打算指出類似密技的取勝方式，但還沒說完就被姬百合的聲音打斷了。

「電腦神姬的能力確實可以自由使用喲～！不過呢，我在說明追加規則的時候也提醒過了，在EUC中，『當下已確立之規則』的效力才是絕對的。所以，舉例來說，就算你打著『靠小春的能力強行變更陣營取得勝利～！』這種主意，但這樣會跟捕獲模式的功能解說產生矛盾……咿嘻嘻。要實行是困難了點呢。」

「什麼嘛，是這樣喔……不過，想也知道不可能這麼簡單。」

儘管我有點洩氣，但又甩了甩粉紅色頭髮，立刻切換思緒。

我該思考的是——終端裝置的各種模式與消耗的「電量」。

既然數字會在每天午夜十二點完全恢復，關鍵應該在於「一天要如何分配100%的容量在不同功能上」吧。「探查」、「加速」和「隱密」等等，如果當作ROC的「符咒」來看的話，每一種絕對都是不可或缺的效果。

「至於最大的問題……果然是『對手的戰力』吧。」

隨著小聲嘆氣，我如此一口斷定。

——電腦神姬一號機秋櫻。

斯費爾領導人星乃宮織姬所構築的電腦神姬系列之首。

那是無論如何都會牽動各種情緒的詞語。作為殺害目標的公主遭到囚禁、差點因為遊戲而徹底崩潰的春風；與遊戲毫無關聯、只是被當成GM出氣包的鈴夏。

這次的電腦神姬會不會也跟她們一樣長期受到虐待？

我非得跟置身於那種處境的她相互敵對不可嗎？

另外還有一點……更令我擔憂的是電腦神姬一號機的「性能」。

畢竟，她是星乃宮織姬——創造出讓所有地下遊戲得以推動的契機，堪稱規格外中的規則外存在所製造的AI。雖然沒辦法換算成具體的數值，但一號機極有可能具備輾壓春風和鈴夏的單體性能。

「不過……今天，至少今天還是教學期間，就算電量分配失誤而被對手『捕獲』也是無效的——就稍微嘗試進攻看看吧。」

說完，我看了看時間，現在是下午四點三十七分。在回合結束前還有一小段時間……那麼就來吧。

「『探查』模式啟動。」

我立刻觸碰終端裝置，嘗試使用泛用性高的探查功能。右上的數值瞬間減少10%，投影畫面切換成類似學校的場地示意圖。

只要對方沒有使用「隱密」，地圖上就會出現圖示……呃，咦？

「「——『後面』？」」

「噫？」

我和姬百合的聲音重疊在一起——下一瞬間，我們反射性地猛然轉過頭。

與此同時，原本在那裡的「少女」跳了開來，淚眼汪汪地尖叫出聲。接著，她慢慢往後退，看似在提防我們。

「唔………」

她身上不知為何穿著很古典的傭人裝——也就是所謂的女僕裝。輕柔地包裹住身體的白色與黑色形成對比，並與典雅的淡紫色髮絲交互相映，美得令人屏息。簡直就像是不小心闖入畫中世界一般。

假如她沒有跌坐在地上的話，應該會非常端莊美麗吧。

「那個……」

「——啊？」

我半是警戒、半是困惑地朝她輕喊一聲，她就猛然站起來，用雙手拍了拍裙子兩三次後，重新轉向我。

接著，她優雅地鞠躬——之前，突然發現頭頂上類似髮箍的東西（應該叫做頭飾吧）戴歪了，在調整的時候，胸前的緞帶不知怎地鬆開了，她驚慌失措地揮動雙手，結果這次絆到了自己的腳，臉朝下地狠狠摔了一跤。

「哇啊？嗚……疼…………！」

……呃，那個，該怎麼說才好。

老實說，這樣的初次相會情景比我想像過的任何一種都還要缺乏緊張感。我腦中甚至浮現了一個疑問：這傢伙真的是星乃宮製造的電腦神姬嗎？然而，我身旁的姬百合只是苦笑著說「哎呀～咿嘻嘻，秋櫻櫻還是一樣是個冒失少女呢，好可愛喲～受不了～」，完全不打算糾正我的認知。

再加上——現在還跌坐在地的她，左手臂上所纏著的東西「毫無疑問是正發出『紅』光的終

端裝置」。

「就……就說我不是了啦，姬百合。」

少女聽到姬百合那麼說，便著急似的上下揮舞起雙手。

「我才不是『冒失少女。』呢。」

「嗯嗯，我也沒有說得像是『早○少女組。』喲。」（註：日本團體「早安少女組。」的正式名稱即包含句號，成為一種特色且帶起模仿風潮。）

「我剛才只是——只是能量過剩啦，可能不小心有點失控了。嗯，真的就是這樣而已……所、所以妳不要在鈴夏面前講那種話啦！我身為姊姊的威嚴，那個……都蕩然無存了啦！」

「咿嘻嘻，我可不認為是我害的喲～？」

姬百合歪著頭將雙手放在背後交握，少女則一臉不滿地鼓起臉頰。

無論是不是冒失少女，她這副模樣本來就毫無威嚴，但先不管這一點，我在她面前甩了一下哥德蘿莉塔裙子，並清了清喉嚨。

「咳咳——我們應該是初次見面吧。我這樣說妳應該聽得懂，我是垂水夕凪，不是鈴夏。所以，妳不用擔心自己會失去威嚴喔。」

「咦……？咦？垂、垂水夕凪？」

我報上名字的瞬間，少女不知為何就忽地瞪大了雙眼。

「那你就是……！你就是讓『姊姊大人』傷透腦筋的壞蛋！沒錯吧？」

「……啥？」

「不可饒恕……不、不論你打算用多卑鄙的手段！我身為姊姊……嗯！我身為春風和鈴夏的姊姊！絕對不原諒『你這個誘拐了我兩個妹妹的傢伙』！」

「啊、哦……咦，妳是這樣理解的嗎？」

再怎麼說也未免太偏離我的本意了。

「沒有什麼理不理解啦！」

但是，看來她現在聽不進我的抗議。穿著女僕裝的少女厲聲斥罵一句後，用雙手使力一口氣站起身——但失敗了，她再次跌坐在地，苦著臉扭了一會兒身子，又不知為何用蓄滿淚水的藍色眼眸看著我，彷彿在說「都是你害的」一般，過了幾十秒後，她才終於搖搖晃晃地站起來。

接著，她像是要為自己打氣似的點頭「嗯！」了一聲。

「雖然我不想對姊姊大人的敵人報上名字……但我是完美女僕，所以會好好報上名字。啊，對了，順便說一下，現在你可以選擇要不要附上笑容。」

「選擇……那我就選要吧。」

「好的（笑咪咪）——慢著！你、你這壞蛋叫我做什麼啊！簡直十惡不赦，蠻橫至極！看準我是個疼愛妹妹的姊姊就用那副打扮來讓我輕忽大意！」

「咦咦咦咦？剛才也算我的錯嗎？不是吧？」

「更何況，鈴夏講話才沒你那麼粗魯呢！雖然我沒見過她幾次，但我想一定是這樣！所以你必須反省！給我用力地反省！然後在家裡好好練習！在得到姊姊我的認可前不准你假扮成鈴夏！」

「這傢伙到底是怎樣啦，有夠麻煩的！」

「什麼麻煩──呀啊！」

雖然少女死命地發揮出「姊姊屬性」逼近我，但這回似乎是天生的「冒失少女屬性」發揮了作用，她絆到我的腳，身子一晃倒下。

「哇！……噢。」

我下意識伸手扶住她的身體，結果就在這一瞬間，柔軟的髮梢撩過我的後頸，她伸出雙臂環住我的背避免跌倒……不小心就變成了從正面用力撲抱過來的姿勢。

一股馥郁的「女孩子香氣」輕柔地掠過鼻間。

刺癢般的觸感蔓延到四肢百骸。接著──

「唔、唔唔……笨蛋。少用……卑鄙的陷阱……姊姊我是不會輸的……所以，所以放心吧……儘管放……心……（癱軟）。」

少女說著夢囈一般的話語，最終便發起呼呼鼾息。

「…………」

面對這種莫名其妙到極點的情景，我愣住說不出話，幾乎是在無意識的狀態下操作終端裝置，啟動「捕獲」模式。

當下消耗掉15％電量，畫面瞬間切換。我就這樣用終端裝置輕觸少女的肩膀，便跑出捕獲成功的訊息，接著加上一條「因現在為遊戲教學期間，無法進行陣營變更」的註釋……亦即按原本的情況而言，如果現在是正常的遊戲期間，這樣就達成通關條件了。

平淡無奇，輕輕鬆鬆，毫無任何波折。

「…………竟然這樣就能成功啊。」

電腦神姬一號機——秋櫻。

與她的初次邂逅，對我造成了足以讓內心產生一絲動搖的衝擊。

『ＥＵＣ第一天結束時，中途情況。』

『「角色」所屬狀況。』

『「垂水夕凪」——電腦神姬二號機「鈴夏」、五號機「春風」。』

『「星乃宮織姬」——電腦神姬一號機「秋櫻」。』

『各種「追加規則」。』

『時間限制規則／鬼的輪替制規則。』

#

「～～～～～！別、別過來啦————————！」

EUC第二天，操場。前半場開始後經過沒多久。

我和昨天一樣借用了鈴夏的身體，和春風會合後，便一起追著撩亂飄揚的紫色中長髮到處跑。

「——？夕凪先生，危險！」

隨著背後傳來近乎尖叫的警告聲，一道短促的槍響「砰！」地震動耳膜……如果是從某個隱蔽處狙擊我就算了，但開槍的是眼前的秋櫻。而且她每次扣下扳機時都會「呀啊！」地露出誇張的反應，導致無法瞄準目標。

我一邊用眼角餘光看到子彈如同預料地竄向遠方，一邊迅速觸碰終端裝置。

「『加速』模式！」

瞬間，終端裝置的電量被消耗掉10％，輸入的命令轉眼間便實行。「加速」模式——這是將電腦神姬的身體能力值全面提昇的終端裝置功能。包覆在綴滿荷葉邊的哥德蘿莉塔禮服之下的身體輕盈了起來，粉紅色長髮同時飛舞在空中。

我一口氣與領先在前的女僕裝背部拉近距離。

「哇、哇、哇……！我都叫你別過來了，你幹嘛還過來啦！夕凪，我看你啊！應該就是那種不聽話的孩子吧？乖一點！」

「乖妳個頭啊！完全不聽我說話的傢伙沒資格說我啦！」

「那、那又怎樣！姊姊大人的敵人所說的話才沒必要聽——呀啊！」

秋櫻不時回頭數落我的聲音忽然中斷，同時「咚！」地傳出一聲鈍響……看來她被生長在操場外圍的樹根給絆倒了。

「嗚、嗚嗚～……又、又搞砸了……！」

「…………」

雖然連正式交手都沒有——但不知該怎麼說，這個少女讓人光是看著就會產生「罪惡感」。明明這是雙方立場對等，甚至還是對方強制我參加的遊戲，可秋櫻卻始終都是這副模樣，害這遊戲難玩到異常的地步。

『……唉。』

她的終端裝置所傳出的星乃宮嘆息聲，從剛才開始也帶了幾許傻眼之意。

『我應該有事先提醒過別聽垂水夕凪的輕浮話，逃就對了。但妳今天是打算跌倒幾次呢，秋櫻？邊看後面邊跑會失去平衡是常識。』

「不、不是的，不是的，姊姊大人！都怪那個垂水夕凪用卑鄙的計策──」

『就算如此……還是請妳繃緊神經一點，秋櫻。這個遊戲的意義可是比妳想像中還要重大喔。』

「嗚……好、好的。我明白了，姊姊大人。」

秋櫻表情乖順地點了一下頭，然後用雙手拍了拍裙襬，霍然站起身來。

……從「姊姊大人」這個特殊的稱呼就可以知道，她似乎深深地仰慕著星乃宮。實際上，今天在你追我跑的過程中，只要我對那傢伙出言不遜，她就會氣勢洶洶地反駁回來。

只不過──如果問「反過來」是否也是如此的話，好像並不是，因為星乃宮對秋櫻沒有什麼特別的反應，已經切斷通話了……怪不得眼前的秋櫻會用悵然若失的表情注視著終端裝置。

「…………真受不了。」

雖然我當然不是因為這樣才決定這麼說，但還是夾雜著嘆息聲開口了。

「我說，妳差不多該放棄了吧，秋櫻。妳也不是自願參加這個遊戲的吧？若是這樣，妳應該不想再吃更多苦頭了。拜託妳就乖乖讓我抓吧。」

「……我、我才不要呢。一邊說著類似『把自己的意見正當化的強暴犯』會講的話，一邊咕嘿嘿地靠過來的人絕對不可能是好人！所以我拒絕！給我滾！」

「什、什麼強暴犯啊妳這傢伙……唉，也罷。太麻煩了，我就直接使用『捕獲』——」

「呀啊！不、不行！這樣不行，我絕對不要！不許你碰我啦！真是的，該怎麼辦？該怎麼辦該怎麼辦……！……對、對了！『隱密』模式！」

「唔！」

突如其來的叫喊聲讓我反射性地伸出手——但是，我似乎就慢了那麼一拍。秋櫻瞬間憑空消失，我的指尖什麼都沒碰到。

「……可惡。」

「被、被她逃走了呢……呼。」

當我可愛地嘖了一聲之際，落後的春風就氣喘吁吁地追上來了。

她跑到我身邊便站定，像是要平復心跳似的將手放在胸前做了幾次呼吸。

「吸氣，吐氣……吸氣……咳、咳咳！對、對不起，夕凪先生。我可能有點累了。」

「妳不用跟我道歉啦。我也有點……不對，是相當累了。」

說完，我吐出一大口氣，和春風一樣輕輕將手放到胸前——的前一刻及時克制住，然後自欺欺人地甩了甩頭，環視四周，正好看見了一張長椅。這長椅太棒了，從各種意義來說都是救世

主。

「……咦？咦？我、我沒關係的！而且兩個人使用的話就沒辦法躺下了，請夕凪先生好好休息——哇哇！」

春風試圖做無謂的禮讓，我則推著她坐下後，自己也在她旁邊坐下。

「呼……」

我忍不住嘆了一口氣……好累。拜長時間在操場和校舍全力奔跑所賜，比起擔心電量，肉體上的疲勞差不多要到達極限了。

春風看著我，露出一抹柔美的微笑。

「辛苦你了，夕凪先生。嘿嘿嘿，我們就稍微休息一下吧。」

「是啊。幸好現在還是前半戰——由我們當『鬼』的時間。要是這時候遭到襲擊的話，老實說，我不覺得有辦法逃走。」

「對呀。我也累到沒力氣了，心臟還跳得好快……不過，那個，遊戲目前算是順利的吧？應該不是我的錯覺吧？」

「嗯，不是妳的錯覺。雖然今天的規則有種『被迫決定』的感覺，但還是進展得非常順利。」

春風語氣擔憂地問道，而我一邊向她點頭，一邊回想第二天的「規則」，就當作是確認一下。

ＥＵＣ第二天的追加規則——首先，今天擔任先手的星乃宮織姬所制定的是「通訊限制規則」。具體來說，就是禁止電腦神姬們在ＥＵＣ世界進行遠端通訊。儘管從現實發過來的指示不在規範內，但一口氣提高了兵分兩路等作戰方式的執行難度。

面對這個限制，擔任後手的我所設定的是「範圍限制規則」。

這是「將ＥＵＣ的場域侷限在『學校內』的規則」。

……真要說的話，這條規則針對的不是遊戲，而是「用來牽制住星乃宮」。畢竟ＥＵＣ的基礎規則沒有提到「遊戲場域」，換句話說，她可以「在遊戲進行中」擴展強制登入的範圍。真變成這樣就太麻煩了，所以我必須提前預防。

「像這種地方真的很狡猾啊……那傢伙。害我浪費了一次規則制定權。」

「並沒有浪費喲，我反倒覺得是很棒的規則呢。要是沒有這麼規定的話，連校外的人們都會被捲進來的……嘿嘿嘿，夕凪先生果然很善良呢。」

「才……才不是咧。我只是不想玩『範圍無限的鬼抓人』而已啦。再說，多虧省下了『探查』的工夫，電量目前還有80％。」

「哇，真的耶。呃，那我應該也是……咦？70％？唔唔……啊，對了對了！這麼說來，我剛才使用了『生成』模式呢。」

「嗯，是這樣沒錯。」

春風雀躍地說著，我則微微點頭回應。

她創造的道具是倒三角形的小型「盾牌」。她剛才看到秋櫻揮動手槍時，趕忙製造了出來。

雖然到頭來那傢伙射出的子彈沒朝我們飛來，所以盾牌沒有直接派上用場……但至少我知道了「『生成』模式能夠依據使用者的想像創造出任何道具」，並且「該道具的有效時間為十分鐘左右」這兩件事。用10％電量換到這樣的成果非常划算。

不過，由於跑太久的緣故，我整個人都虛脫了……

「──夕凪先生，夕凪先生！」

「嗯？」

當我懶懶地仰望天空時，忽然一道溫柔的嗓音鼓動了耳膜。我順著聲音看過去，便發現展露一貫笑容的春風不知為何挺直了背脊，一隻手靜靜地指向自己的膝上──被白色洋裝包覆的大腿一帶。

「……呃？」

「枕大腿呀……夕凪先生，你不曉得嗎？像這樣把別人的大腿當作枕頭，將頭枕上去。我也是第一次這麼做，所以不是很清楚……不過，聽說『人的體溫是能夠感到很安心的溫度』，躺在大腿上好像會非常放鬆。那個，所以……請、請你躺下來吧。」

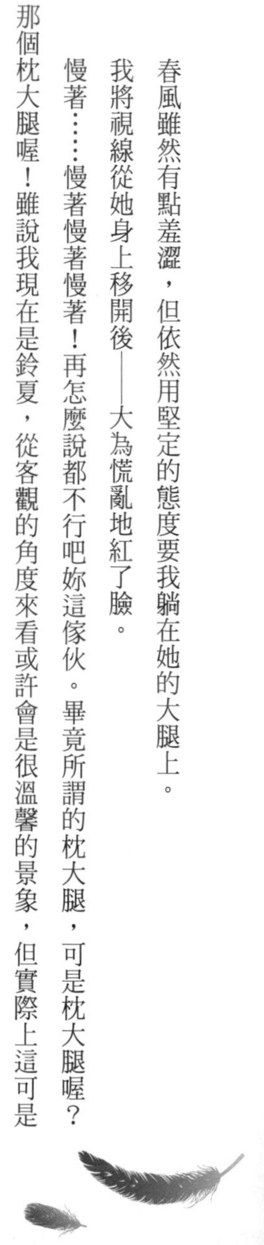

春風雖然有點羞澀，但依然用堅定的態度要我躺在她的大腿上。

我將視線從她身上移開後——大為慌亂地紅了臉。

慢著……慢著慢著慢著慢著！再怎麼說都不行吧妳這傢伙。畢竟所謂的枕大腿，可是枕大腿喔？那個枕大腿喔！雖說我現在是鈴夏，從客觀的角度來看或許會是很溫馨的景象，但實際上這可是不得了的曖昧行為啊……！

「……？夕凪先生？」

春風完全沒察覺到我內心的糾葛，持續著殺傷力極高的誘惑。

「你別跟我客氣，盡量躺沒關係喲。」

「唔……不、不是啦，春風。我是覺得做這種事情還滿羞恥的。」

「很羞恥嗎？……可是，維○百科寫說這是最有效率的恢復疲勞方法耶，在雅○知識＋也是最佳解答，而且——」

「我就暫且不吐嘈妳的引用來源實在不像是超高性能ＡＩ了……而且什麼？」

「……那個……單純是我想試試看讓夕凪先生躺腿枕。」

「…………」

「不、不行嗎……？」

春風那雙清澈的藍眸不安地晃動，戰戰兢兢地這麼問道……我之前也提過了，這種眼神完全

就是犯規，我這一生大概都不可能拒絕得了。

因此——我只嘆了一口氣，便緩緩地讓身體躺下。

「啊……嘿嘿嘿，謝謝你。」

我心無雜念地忽略掉那感覺很幸福的低語聲，把被粉紅色髮絲包覆的頭輕輕枕到春風的大腿上。難以言喻的觸感引來一股顫慄，這時立刻有一隻手溫柔地撫摸起耳朵一帶。

「——呀啊！」

「啊！對……對不起！弄痛你了嗎？」

「沒、沒有……呃，抱歉。我不是那個意思。嗯，不會痛。」

「真、真的沒事嗎……？我不太會拿捏力氣。我會盡量放慢動作，如果做得不好的話，請你直接告訴我喲。那麼……嗯，嘿。」

「？～～～～～～！」

我的頭背對著春風的肚子，緊閉雙眼想盡辦法忍住席捲而來的快感，拚命用理智抑制住差點懸起來的雙腳。

——不妙。這真的不妙。

春風的左手扶著我的頭頂，右手則像是在梳髮似的撫摸耳朵周遭和後頸，她的體溫從我的側臉直接傳過來，還有香味和觸感等等，這一切聯合起來朝我發動總攻擊。

啊啊……恢復疲勞的效果確實非常顯著。畢竟這種情況下，根本沒有閒暇去感受到疲勞，也沒有餘裕將那些瑣碎的症狀記憶下來。

「……嘿嘿嘿。」

春風發出細微聲音的同時，將手伸到我的臉頰上，上半身彎了下來。隨著這個動作，滑順的金絲從四面八方垂落而下，形同窗簾將我與世界分隔開來，因此我眼中所見的，只有近到觸手可及的春風那張恬柔笑靨——

「……感覺怎麼樣呢？舒服嗎？」

到頭來，在春風的「枕大腿」告一段落之前，我的心跳律動從未正常過。

「——差不多了。」

疲勞消除後……更正，是疲勞被吹到遠方灰飛煙滅後，我重振了心情。

現在是下午三點半左右。由於比昨天還要早開始遊戲，我們能夠當鬼的時間所剩不多。雖然沒必要急於取勝，但幸好電量還足夠，我覺得可以再好好進攻一次。

「那麼——『探查』模式啟動。」

我說出這句話，終端裝置右上的數字便減少10％，畫面切換為秋櫻的所在地……原來如此，在頂樓啊。

我立刻開始移動，並隨口朝走在旁邊的春風說道：

「說起來……春風之前就認識秋櫻嗎？剛才，那個冒失少女不是還一直強調自己是妳和鈴夏的姊姊嗎？」

「我嗎？不是的，雖然聽過名字，但這次是第一次見面。」

「咦？所以只是那傢伙擅自以姊姊自居嗎？」

「這、這樣講秋櫻小姐有點可憐……實際上她就是我們之中最大的姊姊。而且，要這麼說的話，我在鈴夏小姐那時候也一心把自己當作『妹妹』呀。」

「不，那畢竟只是配合我的任性而已吧。妳確實把鈴夏稱為『姊姊』，但並沒有太過拘泥於身為『妹妹』的立場。」

秋櫻是「試圖要當」春風和鈴夏的「姊姊」，兩者情況不同。

也許春風聽懂了我的疑慮，她「唔唔」地喃喃自語著什麼，並將雙臂環抱在胸下，就這樣邊走邊專心思考了十幾秒。最後，她像是想到了什麼，便緩緩地抬起頭來。

「會不會是──秋櫻小姐想變得跟『星乃宮小姐』一樣呢？」

「變得跟她一樣？」

「是的……秋櫻小姐看起來非常仰慕星乃宮小姐，所以我猜『星乃宮小姐在她心目中是值得尊敬的模範「姊姊」，於是她也想要當別人的姊姊』這樣。」

「哦……原來如此。」

這麼聽來是有幾分道理。

雖然沒有根據和確切的證據，但我不知為何就是完全可以認同的春風的推測。秋櫻置身的處境應該和其他電腦神姬截然「不同」，因為春風和鈴夏兩人對自身的製作者絕對沒有懷抱敬意。

當然，也不能否認「她這樣的情感可能是經過操控的結果」……

——不管怎樣，我們在東聊西聊之間抵達了目的地。爬上從本校舍最高層延伸上去的樓梯，會看到以掛鎖封住的厚重門扉，門的另一邊就是頂樓了。

「呼……」

我站在門前做了一個深呼吸，然後用「生成」模式創造出一把大型「鐮刀」。刀柄的長度幾乎是我身高的一半，刀身兩端向上彎曲，呈現新月形。比起魔王，更接近死神的感覺，總歸就是看起來很邪惡的武器。

「（……點頭）」

我看到身旁的春風也拿著武器輕輕點了點頭……不對，不該說是拿著，畢竟她創造出來的是超特大「鐵鎚」。只見她用雙手拖著那把像是漫畫裡會出現的武器，清澈的眼眸緊盯著門扉。

——四周悄然無聲。

下一瞬間，我用盡全力大喊，並迅速揮下了右手！

「『動手吧』！春風！」

「好的！『加速』模式啟動，能力值急速上昇！接、下、來……嘿！」

與此同時，春風用終端裝置的電量換取身體能力躍昇後，輕鬆地舉起沉甸甸的鐵鎚，就這樣猛敲在通往頂樓的門上。掛鎖怎樣已經不是重點了，因為它連同鉸鏈一起飛了出去。

「……欸？呃，咦咦？」

在這個毀滅性景象的另一端，有個（不知為何）雙手抱膝坐在地上的人，那當然是冒失女僕秋櫻。她連連眨眼，似乎被闖進的不速之客嚇了一跳，但在聽到「……所以我才一直提醒妳必須做好隨時迎擊的準備……」的通話聲後，她慌張地倏然起身，將手放在左臂的終端裝置上，喊道：

「呃——『加速』！『加速』模式！」

「喝啊！」

我沒放在心上，揮動大鐮刀朝她衝過去。

我在剛才的小衝突中明白了一件事，那就是「ＥＵＣ不存在ＨＰ的概念」。既然如此，又為何要特地創造出武器來進行攻擊？原因很簡單，是因為「在ＥＵＣ造成的一切『傷害』都會表現為『能力值負荷』」。

也就是說，只要受到傷害，身體能力值就會下修。

因此我揮下鐮刀，意圖讓秋櫻失去行動能力——然而，刀鋒只輕輕掠過了飄逸的女僕裙。

「……嘖！」

「咦、咦咦咦咦？嘖什麼嘖啊夕凪！自己攻擊過來還咂嘴也太過分了吧，哪有人這樣的！你、你看我的裙子都破了啦！快道歉！」

「啊～是是是，我很抱歉，但既然破了就不要特地展現給人看啦。」

「耶？……啊！又、又來了……夕凪你這色狼！再說你怎麼可以頂著鈴夏的臉講那種話呀？很傷姊姊的心耶！」

「不，鈴夏講話比我更難聽好嗎……對吧，春風？」

「咦？這、這個、這個喔…………啊嗚……那個，對不起，秋櫻小姐。」

「妳跟我道歉？不、不對！春風沒必要跟我道歉啦。就算鈴夏變成不良少女……那也全都是夕凪這個壞蛋的錯！」

相較於一臉歉意地鞠躬的春風，秋櫻氣憤地一邊譴責我，一邊抬起銳利的視線。那頭中長髮隨著她的動作輕舞飄揚，意外顯得有點帥氣又帶有神祕感，我不禁停下來看得出神。

「抱歉，其實姊姊我也不想跟春風戰鬥。可是，可是現在——我們是敵人啊！」

在那雙藍眸落下晶瑩水滴的同時，秋櫻毅然決然地啟動了終端裝置。

她就這樣瞪著我，以「生成」模式創造出宛如護手刺劍的細劍——但就在這一剎那，她沒抓

住憑空現身的那把劍，於是劍掉了下來，劍柄狠狠砸在她的腳上。

「唔，好……痛！」

「……我說啊，那邊的廢柴女僕。妳該不會是故意的吧？」

「廢、廢柴女僕？講這什麼話，竟敢瞧不起人……！才不是呢，我又不是故意的。一定是因為你這邪惡存在造成時空扭曲，把我的運氣扭轉之後、之後……呃，總之就是你不好啦！」

她發表著超乎人類理解範圍的邏輯推理，撿起掉在地上的細劍，然後瞪著我。

就在此時，那淡然的通話聲再度穿插進來。

『——秋櫻。盡速報上傷害。』

「唔耶？啊，差、差點忘了。呃……有一點點刺痛……的樣子……？」

『意思是不妨礙行動吧？我了解了……不過，請妳不要逞強。如果規則已經制定完善就算了，「現在的妳」要在沒有對策的情況下對付垂水夕凪是有些勉強。』

「好、好的……對不起，姊姊。」

『妳不用跟我道歉。比起這個，我要跟妳談談接下來的行動——』

她說到這裡，大概是終於調整了音量，後續關於「作戰」的指示我就聽不到了。

「……」

我一邊留意著雙手緊緊握住劍聆聽指示的秋櫻——順便說一下，那身女僕裝讓她看起來很像拿著長柄掃把——一邊尋思接下來應該採取的行動。

……坦白說，我實在「拿不定主意」。我的電量剩下60％，而秋櫻使用過三次「加速」、一次「隱密」和兩次「生成」，剩餘電量最多就40％。傾盡全力進攻的話，極有可能今天就能了結這場遊戲。

但是，我的擔憂在於——「秋櫻目前還沒有展現過她自身的能力」。

既然電腦神姬一號機秋櫻是內含部分Enigma代碼的特殊ＡＩ，那她應該和春風還有鈴夏一樣具備固有特殊能力。不過，我到現在連其冰山一角都還沒窺探到，恐怕是被巧妙地「隱匿起來了」。

「嗯……」

「——哼。夕凪，你又在打什麼壞主意了吧？」

「嗯？」

耳邊忽然傳來不悅的嗓音，我便抬起了頭。秋櫻似乎跟星乃宮討論完畢了，只見她在不遠處用狐疑的眼神盯著我。

她好像很看不慣「我使用電腦神姬的身體」這種情形，偶爾還能偷聽到她嘀咕著：「身體被一個壞蛋霸占，鈴夏真是可憐……！」嗯……我也覺得有點抱歉就是了。

不過——

「妳有意見就去跟斯費爾說啊。『用不著妳擔心，我很快就會結束這場遊戲』。」

「唔……儘、儘管來啊。就由姊姊來對付你們兩個！」

秋櫻鬥志高昂地說出這句話，身體也在同時間「緩緩融入空氣中」……這是怎樣？在這時候使用「隱密」？而且按照她剛才那句話來看，應該不是單純的隱身──

「──喝啊啊啊啊啊啊啊啊啊！」

「！在、在上面，夕凪先生！」

春風的聲音震動耳膜的瞬間，我勉強擋下了彷彿從空中滲出來似的一記斬擊。鐮刀和劍相互撞擊，火花四濺，造成的衝擊彈開了我的身體。

「──！」

「奇、奇怪？被擋下來了……不過呢！剛才應該只差一點點而已吧！」

秋櫻活力十足地「嗯！」一聲，點了點頭。我在被拋到頂樓地板之際，對她的言行舉止與其說感到煩躁，不如說是「疑惑」……這傢伙為什麼大肆消耗電量卻一點也不心疼？照理說，終端裝置和規則等等條件應該都和我一樣──「不對」。

「我倒忘了……」

「並不是一樣的」。

沒錯，仔細一想，這是很理所當然的道理。在前半場當鬼的我們，必須節省用電以備之後逃走，但秋櫻沒這個必要。她不用在意電量分配，盡全力逃走後，把剩餘的電量用在下半局的「進攻」上就不會有任何損失。

——傻眼，先前還說什麼原本該寫進基礎規則的事情。

乍看之下是公平的規則，但根本就趁機設定成讓自己占優勢吧。

「啊！這個表情……夕凪，你是在心裡偷罵姊姊大人吧？」

「是怎樣，難道妳還會超能力啊？」

我低聲罵了一句，慢慢站起身。

不管怎樣，秋櫻的剩餘電量一定低於30％。「捕獲」模式的消耗電量是15％，只要她的電量剩不到15％，就能保障我們在今天下半局的安全。既然如此，接下來拚命進攻就對了。

因此——我俐落地撥了一下頭髮，重新握住死神鐮刀，再次猛力蹬地而起。

#

「終、終於……終於輪到我當鬼了！」

——在那之後，過了短短幾分鐘。

節省電量的情況下攻勢施展不開，而且秋櫻的冒失屬性不知為何巧妙地造就出無數次的「神

迴避」，結果我一直找不到使用「捕獲」模式的時機，就這樣到了交替時間（Turn End）。

眼前的秋櫻用力挺起女僕裝的胸部，極其得意地說道：

「我被當作『冒失少女』果然是所謂的三人成虎嘛！畢竟我成功逃掉了呀！成果！就擺在眼前！哼哼哼哼……！看、看來我被尊崇為姊姊的日子也不遠了呢！」

「…………」

「夕凪你是怎麼了？一副有話想說的樣子。我的本領有那麼讓你驚訝嗎？」

「…………」

「不過呢，真是太遺憾了！你等一下就要變成我的囊中物嘍——『生成』模式！……咦？『生成』！『生成』模式！什、什麼都沒出現……唔，發音不好就會失敗嗎？啊！難道是因為我太不爭氣，終於對我感到厭煩了嗎？」

「…………」

「明明是ＡＩ卻被機器討厭……我、我果然很沒用吖～～！」

「…………唉。」

秋櫻自顧自地做完結論後跑掉了，我則用有點疲憊的表情目送她離去。

我不管她是冒失還是沒用……經歷過這麼多事以後，我反而開始佩服起這種隨時都能惹事的個性。就連剛才她在從我的視野消失之前，也「呼喵！」地跌倒了三次，而且她的電量早就用完了，當然沒辦法使用「生成」模式。

我嘆了口氣，踉踉蹌蹌地移動步伐，靠在旁邊的牆壁上。

「──那個，夕凪先生。」

當我在整理亂成一團的髮尾時，原本在頂樓欄杆處探頭看樓下的春風忽然轉身看我。

「接下來怎麼辦呢？」

「接下來？……噢，也對。」

接下來──其實已經在進行中了，春風問的是今天下半局的計畫。雖然電量還剩一些，但既然秋櫻沒辦法攻擊我們，那也就沒有逃跑的必要了。換句話說，從現在起的整整一小時半完全沒事可做。

不管從時間還是剩餘的電量來看，都太過浪費了。

然而，我心中絕對不是沒有任何打算。

「──去找『三辻』吧。我想趁現在安全無虞的時候去跟她談談。」

「？呃，三辻小姐……嗎？」

「對。如果『全校』都被捲進來的話，她應該也不例外吧？即使不是EUC的參加者，只要她人在這裡，我們就遇得到她。或許她會願意幫助我們也說不定。」

「啊……！這樣一說確實沒錯呢！」

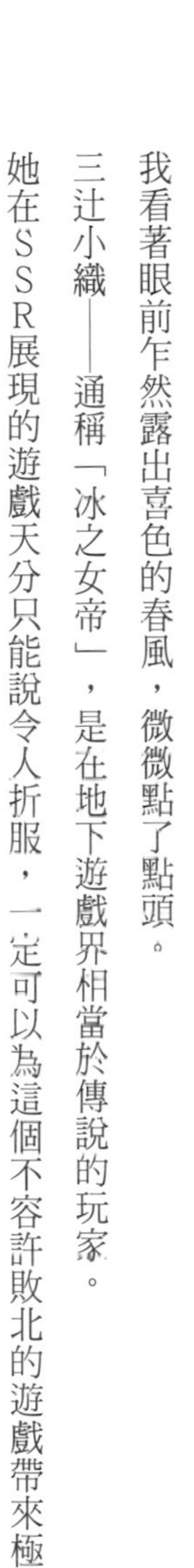

我看著眼前乍然露出喜色的春風，微微點了點頭。

三辻小織——通稱「冰之女帝」，是在地下遊戲界相當於傳說的玩家。

她在ＳＳＲ展現的遊戲天分只能說令人折服，一定可以為這個不容許敗北的遊戲帶來極大的助力，然而……

「問題在於，不曉得她現在的『記憶』怎麼樣了。」

——昨天的遊戲教學中，根據負責擔任嚮導的姬百合所提供的資訊。

被捲進ＥＵＣ的人雖然在遊戲世界也過著一貫的日常生活，但依照遊戲設計，「他們登出遊戲時會先去一切在這裡的記憶」。換句話說，在遊戲裡得到的資訊沒辦法帶進現實世界和隔天的遊戲。雖然必然會缺少三個小時左右的記憶，但他們不會對此起疑。

既然如此，和三辻聯手也可能無法帶來任何效益。

「不過……她可能單憑現有資訊就能提出什麼厲害的方案，更何況眼下也沒有其他人可以指望了。所以說，還是先把人找到再說吧。」

「找？啊，不必了，夕凪先生，我們不需要特意尋找三辻小姐喲。」

說到這裡，柔順的金髮搖曳了一下，她可愛地稍稍舉起了手。

我微微偏過頭，推敲不出她這番話的意思，她則露出一貫的柔美笑容，隨著洋裝裙襬的晃動稍微挺起胸脯，繼續說道：

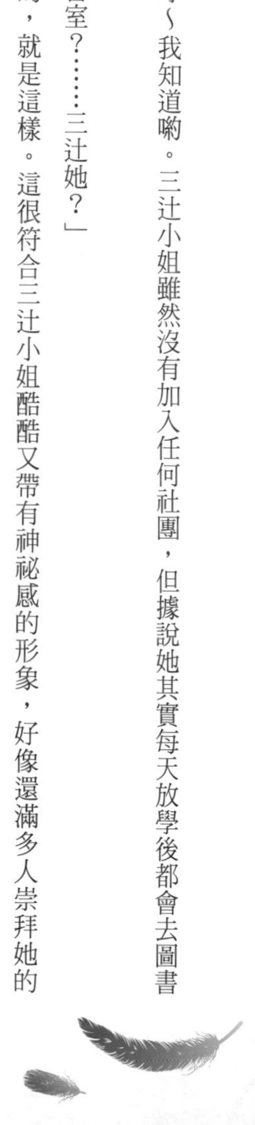

「嗯哼~我知道喲。三辻小姐雖然沒有加入任何社團，但據說她其實每天放學後都會去圖書室呢。」

「圖書室？……三辻她？」

「是的，就是這樣。這很符合三辻小姐酷酷又帶有神祕感的形象，好像還滿多人崇拜她的喲。而且不只是受歡迎而已，她還是在圖書室會受到老師們特別禮遇的『偶像』呢！」

春風雙眼亮晶晶地熱烈談論著三辻。

「…………呃。」

我、我說不出口。

我說不出口我以為三辻那傢伙八成早就回家睡覺了……

「總、總而言之——先去看看吧。」

我懷抱著歉意甩了幾下頭，帶著春風離開了頂樓。

——從結論來說，三辻確實在圖書室。

只不過，她沒有在看書，也沒有在學習。

至於她在做什麼——她正大肆發出酣睡的呼吸聲。

「……把我的動搖和反省還來啊。」

我一邊傻眼地嘀咕，一邊探頭看她的臉龐……睡得有夠熟，簡直當自己家一樣。她雙手交疊在桌上，水藍色髮絲所包覆住的腦袋輕輕放在上面。

從她背上披著有校工室標記的毛毯來看，的確是常客的風格。

「這、這個……呃，她應該只是剛好累了而已啦。」

「……剛好……？」

春風苦笑著幫三辻說話，但遺憾的是，桌上根本什麼都沒放。更別說室內播放的音樂是水晶古典樂，不知為何還只有三辻背後的窗簾緊緊地拉了起來——簡直就像是為了睡眠而特別打造的空間。

原來如此，擁有特殊待遇的「偶像」啊……確定不是「吉祥物」嗎？

「真是的……不過怎樣都無所謂啦。喂，三辻？拜託妳起來一下。」

「不行，我現在睡得很沉……啊，當我沒說話…………呼～呼～」

「太遲了啦，事到如今想裝睡已經來不及了。」

「不會的，還來得及，我可以繼續努力，呼～呼～呼～呼～」

「要是妳以為用那種平板的語氣發出『呼～呼～』聲就能成功裝睡的話，那可就大錯特錯了喔？喂……拜託妳了，『冰之女帝』，我有些事情想跟妳說。」

「呼～呼～…………………唔唔。」

接著，三辻沉默地上下動著肩膀一會兒（這似乎也是為了裝睡而做的），但最後像是放棄似的緩緩抬起頭來。那雙剛睡醒而有些惺忪的眼神在空中游轉了一下，先看向春風，然後是隔壁的我。

「早安，春風，鈴夏…………………咦，鈴夏？」

「嗯，我是垂——不對，我是鈴夏，看不出來嗎？」

「……嗯。那我不該說早安的，這是夢，我可能還在睡。」

「慢著慢著慢著，不是的，妳沒在作夢。從妳的角度來看的話，的確就像是鈴夏從手機裡跳出來一樣，但不是這樣的。其實我要和妳講的事情就跟這個有關啦。」

「……唔～嗯～……」

三辻的回應很微妙，不曉得她到底有沒有聽懂，幾秒後，她慢吞吞地抬起了身子。毛毯隨著她的動作從肩膀上滑落下來，但她沒有理會，只是睜著那雙無色眼眸直往我湊了過來。

「——妳、妳幹嘛？」

「……嗯，不用說了，我大致上懂了。」

「呃，啥？」

三辻這句話太令人摸不著頭緒，我不禁發出呆傻的聲音。然而，她沒有再作回應，逕自站起身，踩著搖搖晃晃的腳步突然開始往某個方向移動。

隨後——她若無其事地直接挑明地說道：

「……『這是遊戲吧』？」

「！妳為什麼知道……！」

「畢竟魔王在這裡。有『這麼誇張的舞臺』，魔王還被叫了過來，要說不是遊戲還比較奇怪……不過，我是剛剛才察覺到的，之前都只是覺得哪裡怪怪的而已。雖然明白這是另一個世界，但無法肯定是遊戲。」

「…………哦，原來是這樣。」

三辻邊走邊淡淡地說著，而我跟上她的背影，模稜兩可地點頭回應。從這個觀點來推測確實很有三辻的風格就是了……

「但是，星乃宮可是說過『誰也分不出現實與遊戲的差異』喔。而且根據姬百合所說，遊戲中的記憶是沒辦法帶進現實世界的。」

「嗯，『一般』都是如此吧。昨天，我嘗試在教室裡表演了一招拿手好戲，結果回去後誰都不記得這件事，這就是證據，ＱＥＤ。」

「呃，為什麼要表演拿手好戲啊？」

「因為我很有自信。但是，大家卻不記得了，害我受到打擊。我要睡上三天。」

……儘管我有很多想說的話，像是「所以妳是因為這樣才在圖書室賭氣睡覺喔？」還有「所謂的拿手好戲都是不想被別人記住的黑歷史，不需要因此感到不甘心啦！」之類的，但最後決定統統忽略掉。

「那——既然這樣，為什麼妳的記憶沒有消失啊？妳應該不是斯費爾的相關人員吧？」

「嗯，不是。記憶之所以沒有消失……大概是因為『我有參加地下遊戲的經驗』吧。」

「……？這有什麼關聯？」

「當然有關聯……畢竟，地下遊戲參加者要是失去了『遊戲世界（這邊）的記憶』，姑且不論這個遊戲，『其他地下遊戲都會結束』。至今為止的一切全部被忘掉，變成沒有發生過，今後的一切也無法成立。這對斯費爾而言也是一大打擊。」

「啊……原來是這麼一回事。」

的確有道理。就算再怎麼特殊，ＥＵＣ終究是地下遊戲的一種，要是把相關記憶全刪掉的話，該玩家就沒辦法再參加遊戲了。所以說，這是為了避免出現這種事態的例外性措施吧。

雖然是扯到不行的技術，但斯費爾做出什麼事都不奇怪。

「不過——就是這樣才弔詭。」

三辻的視線固定在前方，就這樣放緩步伐，繼續說道：

「這裡明明是不折不扣的遊戲世界，我卻沒有收到通知，學校裡的大家也都在，而且沒有終端裝置，等了一陣子也沒有事情發生。所以，『我一直在等你』。」

「……等我？」

「對，魔王，垂水夕凪……因為，如果這真的是地下遊戲，如果斯費爾盯上了這間學校，如果他們針對的人不是我，那麼『當事人除了你沒有別人了』。所以我一直在等待，等魔王來找我。」

「這……究竟是……」

「一定是這樣。」

隨著這句隱約有些打斷意味的嘀咕，三辻站定在一個儲物櫃前面。她輕輕觸碰寫有「清掃用具」的櫃門，喀啦一聲拉開來，然後從裡面拿出一支小掃把，用雙手垂直地握著。

「哼哼！」

「……呃，妳這是在幹嘛？」

「我才要問魔王你在幹嘛，這是遊戲吧？快出發吧。」

那雙透明的眼眸再次直勾勾地探究著我的眼睛……這種積極的態度真不像三辻。明明還沒有好好說明過，她會這麼起勁真是出人意料。

「沒有啦，我是覺得很感激……只不過，原來妳這傢伙人還不錯嗎？」

「？我這個人不好也不壞。魔王，你剛才提到星乃宮……呵呵，這就是那個人做的遊戲吧？我好期待，超級期待的，已經等不及了。」

「……啊～說起來妳確實是這種類型的人啊。」

「嘿嘿嘿……是的。不過，這很像三辻小姐的作風，我覺得非常棒。」

聽到三辻那一貫偏離主題的發言，我不禁回以傻眼的表情，而春風則一臉高興地露出溫和的微笑。

「嗯，就是這種類型的人，所以你要牢牢記住。」

相對之下，三辻將掃把舉到臉的高度，但仍然以淡淡的語調低聲說道。

——坦白說依目前來看，她的協助所能帶來的效益並不多。她既不是EUC的「玩家」，也不是「角色」，現在「只是被捲進來而已」。傑出的遊玩技術和經驗若是無處發揮，便形同不存在。

不過，如果沒有的話，那就「創造出來」。EUC就是「這種遊戲」。

只要創造出一個能夠讓三辻小織這張超強手牌得以發揮的狀況就行了。因此——

「……沒問題。」

我的嘴角勾起一抹奸笑，赤紅眼眸綻放出猙獰的光芒，正式向三辻伸出一隻手。

「那麼，我們這次就不是敵人，而是隊友了——請多指教。」

#

最後，ＥＵＣ第二天下半局的最大亮點就是「拉攏了三辻」，後續並沒有發生值得一提的事情。

要說我們做了什麼的話，大概只有稍微開會討論並交換資訊而已。不過我得補充一下，以「三辻的加入」作為前提來調整追加規則相當困難，遊戲時間結束後，我回到家還是反覆想來想去，陷入煩惱之中。

就這樣到了隔天。

「……喂，星乃宮。我有一件事想問妳。」

看到星乃宮織姬在相同的時間踏進睡成一片的寂靜教室，我就拋出了從前天起一直記掛在心頭的疑問。

「電腦神姬一號機──秋櫻。我總覺得，那傢伙是不是『太弱』了一點？」

「……太弱？」

穿著套裝的星乃宮靠在牆上，雙臂環抱在胸下，微微傾過頭。

「具體而言是指哪一方面呢？」

「也不是哪一方面，各方面都是啊，整體上很弱。她犯的錯多得不可思議，要肩負起斯費爾高層的野心未免太不牢靠。老實說，這一切只讓我感到『很不對勁』……話說，妳自己下指示的

時候不也半帶著傻眼的意味嗎？」

「呵呵，你這人講話還滿直接的嘛。」

聽到我指出這一點，星乃宮輕笑了幾聲。她那超然的態度完全不見一絲動搖，就這樣用試探般的、嘲弄般的，或者說有點「同情」的眼神回看著我。

「暫且不談我有沒有感到傻眼——對於秋櫻是否『太弱』的問題，我可以很肯定地回答你答案是『否』，我並不這麼認為。電腦神姬一號機，『秋櫻毫無疑問是我的最高傑作』。」

「呃……可是……」

「若你還想繼續爭辯下去的話，不如先『捕獲』秋櫻吧……她不是冒失少女嗎？對你而言不過是『小嘍囉』而已吧？ＥＵＣ都已經進行到第三天了，既然很簡單的話，你怎麼還沒有通關呢？」

「…………」

面對接連質問式的挑釁，我不由得沉默下來……她這樣正面還擊，我就窮於應對了。「把那種冒失少女推到最前線應該是有什麼陰謀吧？」——我剛才的問題帶有這種「誘導」的意思，但看來是完全被她看穿了。

「呼……」

吐出一口長氣後，我將思緒切換到遊戲上。

今天是EUC的第三天，輪到我先制定追加規則。我大致上已經決定好要追加什麼樣的規則了，不過在這之前，我還有一點事情想確認。

「學姊，可以問個問題嗎？」

「什麼事？噢，要問三圍的話，從上面開始是──」

「雖然有點可惜，但我不是要問那個。我的問題是，基礎規則裡有一條是『讓所有「角色」都加入自己陣營即獲勝』，對吧？」

「嗯，有呀。雖然和正式條文不太一樣，但這個說法也沒問題喲。」

「好……那麼，那條規則並沒有提到寶玉的顏色吧？只要讓所有人都加入陣營就贏了。既然如此，我打個比方，如果是『把隸屬我這邊的電腦神姬的寶玉變成紅色』這種規則是可行的嗎？」

「唔……？呃，你在說什麼？除了『捕獲』模式以外是沒辦法變更角色陣營的，這有明文規定──」

「啊，不是的，我沒有要變更陣營。我的意思不是交換成員，單純只是想知道能不能『把我和星乃宮的陣營顏色對調』而已……不過，這其實沒有什麼好處就是了。」

「……也就是說，你要把所有角色的寶玉顏色對調，並且也把代表陣營的顏色反轉過來吧？嗯，這是做得到的喲。與其說做得到，不如說規模和強度恐怕都是最低階的……嗳，你確定要這樣嗎？就算再怎麼瞧不起秋櫻，這也太……」

「哦，不是啦，妳誤會了，我沒有要把這個當規則，只是有點好奇而已。」

我連忙搖頭擺了擺手向她解釋。制定規則的機會這麼珍貴，誰要浪費在腦中一閃而過的想法上啊……這個話題就到此為止吧。

「那麼，正式來吧——EUC第三天追加規則，我要申請『協力者規則』，內容如以下，『「協力者」的定義為存在於範圍內的「有地下遊戲經驗者」。「協力者」可以擁有遊戲專用的終端裝置，但該裝置沒有寶玉，也不具備電量恢復功能』。」

「…………原來如此。」

聽完我的規則後，星乃宮微微點頭，低聲說道：

「沒有寶玉——換句話說，這條規則就是為不加入任何陣營的『自由戰鬥人員（Attacker）』下定義吧。最後的注釋是為了降低規則規模的保險嗎？」

「嗯，可以這麼說吧。」

一定要有「終端裝置」才能將三辻的助力發揮到極限，但就這樣提出申請的話，星乃宮可能會拒絕制定這種影響力過大的規則——幾番掙扎後，便誕生出這個折衷方案。其實我也不曉得這個「保險」有多少效果，不過至少比什麼都沒有來得好。

當我在腦中重新確認這種事之際，眼前的星乃宮忽然默默說道：

「『冰之女帝』三辻小織——這麼說來，她確實也在這間學校呢。」

「我都刻意不說出名字了，別若無其事地拆穿啊……話說，三辻在斯費爾內部也那麼有名嗎？」

「是的，相當有名。我和她沒有見過面，但也耳聞過她是非常優秀的玩家。因此，我認為你的判斷是很妥當的，能利用的棋子就該好好利用。」

「……我不喜歡棋子這個說法，不過也沒錯。秋櫻和妳身上都有太多變數，所以我想儘快分出勝負。」

「是嗎？『你的理解完全正確，我都想大力稱讚一番了，但同時也錯得非常徹底，簡直無藥可救』——我現在就先提醒你這一點吧。」

「……！」

星乃宮依然直勾勾地盯著我。那令人折服的強者眼神，以及屹立不搖的「頂點」風範，明明只是被她注視著，連瞪視都不是，我的腳就自己開始一步步往後退。

可惡……這是怎樣？這傢伙是怎樣？

「——EUC第三天追加規則。」

星乃宮對於我的表情大為扭曲沒有表示什麼，而是用一貫的語調開始陳述內容。

「我所制定的規則如以下，『注目度規則：範圍內「非遊戲相關人員」的視線總量轉化為數值，會對各「角色」的身體能力值造成下修的效果』。」

「下修……也就是說，『承受的視線愈多，身體能力值也下降得愈多』？」

「這個理解沒有問題。應該比你的規則更平等吧？」

「…………平等個頭啦。」

的確，乍看之下真的很平等。

然而，最好重新細想一下。既然ＥＵＣ的遊玩時間幾乎都是放學後，「留在校內的學生當然會隨著時間經過而慢慢減少」。

如此一來，這個規則裡的「視線總量」也會隨著時間減少。妨礙行動的「枷鎖」在上半局遠比下半局來得大。

簡單來說——以我的角度而言——上半局是我當鬼，卻因為「注目度規則」而難以採取大動作，結果這個限制在秋櫻當鬼的下半局減緩了，怎麼想都是最不利的局面。

「…………」

我微微低頭，右手輕放在後頸上……果然有一套。星乃宮應該是預先想好要制定這樣的規則，才會在第一天定下「鬼的輪替制規則」吧。這就是所謂的加乘效果（Synergy），想當然會產生超群的高破壞力。

不過——無論如何，兩個規則都制定完畢了。

「那麼，你們二位都準備好了嗎？EUC第三天……遊戲開始吧。」

當學姊轉動棒棒糖棍的剎那，我連按手機的電源鍵，再次從陷入沉睡的教室進入遊戲世界。

#

「……我約的人還沒來。」

EUC第三天上半局，遊戲世界依然一片朦朧昏暗。

三辻跟昨天一樣在圖書室與我們會合，她劈頭就講出了這句話。

「還沒來？」

「對，我明明講得很清楚是這裡了。那個人不太守時，所以應該是遲到了。」

「哦，這樣啊，原來如此。」

三辻悶悶地垂下頭，而和春風互換身體的我則搖曳著金色長髮點點頭。

出現在對話中的那個人物，是三辻認識的「有地下遊戲經驗者」。昨天傍晚，她弄清楚EUC的概要之後，立刻聯絡了那個人，當下就確定對方會從今天開始參戰。這是反過來利用「只要待在學校的腹地內，無論學生與否都會強制登入遊戲」這樣的設計，亦即人員擴增戰術。

……照理說是這樣，但遺憾的是那傢伙還沒有來。

「我在反省。好沮喪。」

「呃，妳不需要感到消沉啦，光憑我們三人的戰力就很足夠了。」

說完，我的視線移向旁邊的「鈴夏」。

沒錯，其實昨天和前天我都是和她互換身體來登入遊戲，只不過登入時的座標剛好在那裡，於是她剛才在課堂上對我說：

「跟、跟你說喔，垂水。呃……聽好嘍。就算是完美無瑕、毫無缺點的我，每天都要和『那個』面對面也是會有一點受不了的……」

她就這樣難得用認真的語氣向我「懇求」，所以我這次就調整位置和春風交換了……話說，奇怪了？總覺得這情況聽起來像是「把春風當作獻給星乃宮的活祭品」似的……

「唔唔……」

當我因為小小的罪惡感而感到良心不安之際，當事人鈴夏正在摸索終端裝置，還發出低吟聲。綴著滿滿荷葉邊的哥德蘿莉塔禮服、強勢的紅色眼眸與粉紅色長髮，雖然上次見到她本尊是SSR那時候，不過她真的是具有不可思議「吸引力」的少女。

鈴夏最後「嗯！」地點點頭，猛然抬頭看著我。

「久等了，春——不對，是垂水。託你的福，我大致了解規則和運作方式了，感覺上和SSR的終端裝置和構造幾乎一樣，這樣就沒有任何問題了！」

鈴夏自信滿滿地這麼說完，露出真誠的燦爛笑容，挺起了胸。

要說是一如往常的反應也沒有錯——但這時候發生了些微變化。

「唔、唔……？咦？」

「？鈴夏怎麼了——呃，這是……」

鈴夏的表情突然僵住，我也感覺到強烈的「異樣感」而臉色一變。我看向三辻，她似乎也有相同的感覺，儘管面無表情，身體卻微微扭動了起來。

「唔……唔，好奇怪。身體有點熱……唔！」

「…………」

慢著，這反應不太對吧。

與其說熱，不如說「很沉重」——我覺得這才是正確的說法。腳很沉重，手也很沉重，即使沒有到完全無法動彈的地步，但整個身體都很疲乏……

「……我知道了，這就是『注目度規則』吧。」

我勉強舉起沉重的右手放到後頸上，緩緩地低喃道。

「注目度規則」是星乃宮剛才制定的規則，會將投射過來的視線總量換算成身體能力值的負擔。錯不了的，我們現在感受到的「沉重感」就是來自於這個規則。

我粗略環視室內確認情況——稱不上熱鬧，但還是有十五名左右的學生在場，而且「他們每個人都在看我們」，大概是鈴夏剛才的聲音一口氣把大家的注意力全吸引過來了吧。

幸好視線只集中了一瞬間，身體很快就脫離了拘束……不過，在這之後依然能如同字面意思那樣，親身感受到不時投過來的好奇眼神。

「春風平常都受到這麼多的注目嗎……太驚人了。」

我，更正，金髮美少女不禁扭著身子，並舉起一隻手臂擋在胸前。

順便一提，鈴夏說了聲「這是當然的」，用裝模作樣的表情撩了一下粉紅長髮，但實際上卻流露出幾絲開心的笑意。三辻姑且還保持著一貫的冷臉，只是肩膀有時候會突然顫抖起來。

換句話說——沒錯，一句話可以解釋現在的情況。

「……我們三個人都無法正常行動了。」

大概過了十分鐘，等周遭視線分散到一定程度後，我們才離開了圖書室。

「——說起來。」

利用終端裝置的「探查」模式查到秋櫻的藏身處後，在前往的路上，走在我右手邊的三辻忽然稍微揚高聲音說道。

「魔王，我有一個問題。今天是ＥＵＣ第三天了，為什麼還沒有結束？」

「唔……這個嘛。」

「哼哼，這有什麼好想的！就是垂水指揮失誤啦，指揮失誤！我承認春風是非常好的女孩子，但要說遊戲技術的話，我可是比她厲害太多了！」

面對突如其來的質問，我感到語塞，反而是超前一步的鈴夏回答了三辻，只是這番發言令人搞不懂她究竟是想打圓場還是自誇炫耀。不過，三辻很乾脆地忽略掉她，再次用那雙透明的眼眸看著我。

「我不是在挑釁，而是單純的疑問。魔王明明應該很輕鬆就能通關了。」

「啊……」

我撓著臉頰支吾其詞……那是不同於春風，但也令人難以逃避的視線。所以，我輕嘆一口氣下定決心後，正面回答三辻的問題。

「原因大致分為三個。首先，星乃宮制定的每個規則都很高明，再來就是秋櫻——對面的電腦神姬很『冒失』，會巧妙地錯開別人的動手時機，不過這搞不好有什麼『內情』就是了。」

畢竟那個星乃宮織姬都說成「最高傑作」了，雖然還不曉得她的目的是什麼，但至少不能把秋櫻當作單純的冒失少女來看待吧。

「嗯……那，第三個原因呢？」

「哦，第三個就很簡單了，是『隱密』模式比想像中更加棘手。

這一點是我這兩天才發現的——那個模式使用一次後，似乎會維持三分鐘左右的效果。一次會消耗10％電量，就算連續使用，算起來也能維持將近三十分鐘不中斷。如果堅持到最後一刻，在陷入危機的瞬間才使用『隱密』模式全力逃走的話，能拖延的時間大概會翻倍，所以意外地難纏。」

「…………」

將我的解釋聽到最後的同時，三辻略為低頭，開始思索著什麼。

短短幾秒後，她就倏然抬起那張聰慧的臉龐。

「那麼，『只要不使用隱密模式就沒問題了吧』？」

「……咦？」

「其他兩點事到如今也沒辦法應對，太難了。不過，只有第三點是『不同的』，有辦法應對……我問你，魔王，沒有隱密模式的話，你就不會輸吧？能保證一定能贏嗎？」

「…………」

我直視那雙幾乎沒有情緒的眼眸，腦內靜靜運轉起思緒。雖然每次經過教室前面就有視線投過來很煩人，但身體變沉重也不會影響到腦袋運作。

——只要秋櫻不使用「隱密」模式，我就能「捕獲」她嗎？

若這麼問我，那我的答案當然是肯定的。就算秋櫻做出再怎麼莫名其妙的冒失舉動，在沒有「隱密」模式的情況下，她也不可能甩掉追兵。

「不過——這要怎麼做？所謂的不讓她使用『隱密』模式，簡單來說就是讓她陷入『無法行動』的狀態吧？的確，在EUC的設計上，只要不斷累積傷害就能讓對方失去行動能力，但通常在那之前就會使用『隱密』模式逃走了。」

「嗯，沒錯。累積傷害並不容易，所以要『一擊打倒她』。」

「一擊……呃，我明白妳的意思，但這要看用『牛成』模式的消耗電量所做出來的道具性能吧？再說，『協力者』的終端裝置是無法恢復電量的，要是做出威力強大的武器卻被躲掉了，那可就損失慘重了。」

「這也不用擔心。」

依舊面無表情的三辻淡然地點點頭，我和鈴夏則不禁看向彼此……不用擔心？什麼不用擔心？

「我有作戰計畫——所以，跟我來。」

而三辻完全沒將我們的不安放在心上，只是輕聲這麼說道。

#

「必～殺～……超電導式量子加速砲（Hyper Railgun）！」

「咿呀啊啊啊啊啊啊啊啊啊！」

秋櫻在相隔數公尺的前方拚命奔跑著，一聽到鈴夏的聲音就猛然跌了一跤——在這個剎那，漆黑的子彈竄過她剛才的所在位置。那不是什麼超電導式，只是從普通手槍發射出來的一般子彈。然而，若是打中的話，同樣可以預期會造成相當大的傷害，卻被她用那麼奇妙的方式躲掉了，實在是一大損失。

開槍的鈴夏臉頰不斷抽搐，全身也抖個不停。

「咕，唔唔……垂、垂水！那傢伙是怎樣嘛！明明從剛才起就東跌一跤西跌一跤的，但怎麼完全抓不到她呀！」

「我比妳更想知道好嗎……話說，剛才那個很像必殺技宣言的台詞是什麼鬼？」

「？當然是儀式啊，放大招之前一定要堂堂正正喊出名稱才行嘛。雖然這次省略掉了，但有鋪陳（詠唱）的話會更好呢。」

鈴夏一邊鼓起臉頰說「垂水真是沒常識耶」，一邊重新舉起那把次世代兵器（手槍）。

在那射程前方，只見好不容易站起身的女僕正淚眼汪汪地控訴著什麼。

「妳、妳妳……妳在做什麼啊，鈴夏！我可是姊姊喔！是妳在這世上唯一該深愛的姊姊喔！為什麼要對我開槍呢！乖一點！」

「為什麼要開槍——真是蠢問題，當然是因為我手上有槍啊！」

「鈴夏妳該不會是一拿到槍就會性格大變的人吧？嗚、嗚～！我明明是妳的姊姊耶！雖然是敵人，但更是姊妹呀！」

「哼哼，妳到底在說什麼啊？『反』了啦，『反』了。我和妳確實是姊妹，但一碼歸一碼，我們現在可是敵人！」

「咦咦？怎、怎麼辦……鈴夏走歪了，變成不堪的壞孩子了！這、這一切可全都是夕凪的錯喔！」

秋櫻搖曳著那頭淡紫色中長髮，用手指直指著我……不過，她隨即「呀咿！」地叫了一聲，身體因為再次飛來的子彈而蹦跳起來，接著就看到她望著鈴夏低哼了一會兒，最後卻倏地轉身跑走了。

「我、我受不了了啦——————！」

「…………」

嗯，當然會受不了吧。

我看著隨風飄舞的裙子，決定稍作思忖。儘管我覺得秋櫻的冒失行為非常令人不忍卒睹……但比起這個，我更加確定「她果然有什麼『內情』」。

畢竟在剛才那一連串對話中，「來自星乃宮的通話聲一次也沒有出現」。

和昨大之前的對應方式比起來，豈止不對勁，根本是異常事態了。

「——啊，又被她逃了……！我們快追吧，垂水！可不能跟丟了！」

「呃，好。」

……我都還沒理清腦內的紛雜思緒，相對之下鈴夏倒是強勢進逼。絢爛豪華的哥德蘿莉塔禮服隨風飛揚，我在慢了一拍後，也跑起來追上那長髮躍動的背影。

順便補充——我們正跑在特別校舍二樓的走廊上。

特別校舍如同其名，音樂室和美術室等「非一般課程」的教室都集中在這裡。而且出於性質的緣故，放學後就會變成文藝類社團聚集的活動大樓。

因此，現在也有很多學生留在這裡……不過，大家大概都很投入地在練習，目前並沒有太多視線聚集過來。

「喂——喂，鈴夏。」

這時候終於追上鈴夏的我，在她耳邊悄聲說道：

「妳該不是忘記『作戰計畫』了吧？從剛才起就太過躁進了。」

「咦？……唔，有嗎？」

「有啊。再說妳剛才那把手槍——」

「是超電導式量子加速砲。」

「……再說那什麼砲，『要是運氣差一點，她搞不好就使用「隱密」模式了』。幸好她剛好

只是躲掉而已，但這樣下去的話，隨時都有可能會失敗。」

——沒錯。

在這次的作戰計畫中，三辻要求我們執行的首要事項是「讓秋櫻『誤以為』不需要使用隱密模式也能夠勉強逃掉」。因此，太過於躁進是禁忌中的禁忌，「必須在適度放水的情況下追捕秋櫻」。

「唔……唔唔……哎真是的！我知道了啦，我會稍微收斂一點。」

鈴夏試圖反抗了一會兒，但不管怎麼說，最後還是妥協了。

我安心地呼出一口氣……只要鈴夏別暴衝，「不要太躁進」這個任務就沒什麼難度了。真要說的話，是「另一個任務」比較難。

至於「另一個任務」——

「對了，垂水，所謂的『中庭』到底在哪一邊啊？」

——那就是將秋櫻誘導到執行作戰計畫的地點「中庭」。

確實就只有這樣而已。按照三辻所說，光是這樣就能把一切準備妥當。由於時間不夠，她沒有把詳細流程告訴我們，但既然那位「冰之女帝」都說得這麼肯定，我也沒有懷疑的必要。

「中庭喔……我記得從特別棟（這裡）的話，一樓西側鞋櫃區出去就是了吧。」

「你這樣說我也聽不懂呀，所以現在要怎麼走？很遠嗎？」

「不會，還滿近的。這條走廊走到底，然後下樓梯就到了……不過，我也在想這個問題，要說那傢伙會往上還是往下的話，我覺得她會往上。」

雖然只是隱隱這麼覺得，但她昨天也是在頂樓，而且俗話說得好，笨蛋和煙都喜歡往高處——沒事。

「？所以說，只要讓秋櫻選擇跑下樓梯就會到中庭了吧？」

「呃，對，就是這樣。畢竟我們追在後面，她只能往上跑或往下跑了。」

「好，這樣就夠了，『你等一下』。」

話音剛落，鈴夏就啟動「生成」模式，變出看起來很高科技的「加速板」，同時再啟動「加速」模式。只見她才剛帶著狡黠的笑容朝我揮了揮手，下一瞬間人就以超高速消失在「後方」了……哦，原來如此，看來她是打算從另一邊的樓梯爬上三樓，比秋櫻還要快占據西側樓梯的「上方」。

「呼……呼……（偷瞥）」

超前我幾步的秋櫻不時回頭往我這邊瞥幾眼，嘴裡喃喃低哼著，擦掉額頭上的汗水後再次邁出步伐。

——就在做著這些舉動之間，她已經來到了關鍵的西側樓梯。

「唔……這、這邊！」

秋櫻猶豫片刻，但一如預測決定往三樓前進。她高高拉起女僕服的裙襬，淡紫色的柔順秀髮在背上揚起，轉眼間她的身影就從視野中消失——的前一刻。

「哼哼！妳太遲了，秋櫻！我很遺憾地告訴妳，此路不通！」

「唔、唔耶……咦咦？嗚，真是的！鈴夏這個笨蛋！」

鈴夏宛如門神般雙手扠腰，站在二樓與三樓之間的轉角平台。秋櫻見狀便埋怨了幾聲，硬是改變前進方向。以現狀而言，「往下」是唯一安全的途徑——她往一樓跑下去，就這樣目不斜視地直衝中庭。

在此先補充一件事，這間學校的「中庭」指的不是體育課所使用的操場，而是「另一個廣場」。那裡就像一座小山丘，中午的時候有許多學生會帶便當過來這裡吃，相當熱鬧。不過，放學後就不會有多少人潮，現在頂多只有幾對情侶聚集在那裡而已。

因此，「注目度規則」的影響不太大。

「——那麼，總之已經把她誘導到中庭了……接下來呢？」

我放慢步伐，微微傾首。

三辻的指示就到這裡，並沒有提到後續該怎麼做。我一邊和鈴夏交換「如果等了一下還是沒有動靜，就我們兩個一起上」的眼神，一邊和秋櫻保持一定的距離，開始牽制她的行動。

正好就在這時候。

「————『隱密』！」

「「！」」

傳來一道彷彿要劈開空間的宏亮聲音。察覺到那竟然是「來自三辻的指示」的瞬間，我和鈴夏立即觸碰終端裝置，啟動「隱密」模式，完全沒有猶豫的餘地，我們以最快的速度藏起自身存在。

唯獨眼前的秋櫻跟不上情況，「咦？咦？」地驚慌了起來……隨後。

『————————————————！』

周遭響起了簡直要撕裂耳膜的「轟鳴」。

「唔！」「呀啊！」

那是令人反射性地用雙手摀住耳朵蹲下來的巨大聲響。我看向鈴夏——噢，補充一下，「隱密」模式對同陣營的成員不會產生效果——她的反應也跟我差不多。而秋櫻的身體也陡然一跳，然後才像是恍然大悟似的開口說道：

「啊……！隱、『隱密』模——」

但是，她沒能把話說到最後。

因為……嗯，事情走到這一步，任誰都看得出來吧。沒錯，受到三辻剛才弄出的爆炸聲所吸引，「原本在EUC世界度過一貫的放學時光的學生們，現在紛紛往下查看中庭的情況」。

「——怎麼了？剛才那是什麼聲音？」「是不是有東西爆炸的聲音？」「完了！完蛋了！一定出事了！我們是不是也要快點逃啊？」「不要邊說邊打開推○啦你這傢伙。」「是說，那裡好像有人在耶。」「有人倒在那裡……咦，女僕？」「女僕？哇，是真的！我還是第一次看到！」

大家七嘴八舌地講著各自的想法。多得驚人的視線、視線、視線。

原來……原來如此，這就是三辻要的。

處於「隱密」模式中的我和鈴夏躲掉了，而反觀秋櫻，「她到現在依然獨留在原地，數十甚至數百道視線集中在她身上。按照『注目度規則』，眾人的視線都會轉換成『重壓』」。

「……嗚哇……」

該怎麼說才好，這種制住敵人的方式真是完美到近乎無情。

三辻大概是利用「生成」模式變出某種「會產生巨大聲響的道具」吧。等到秋櫻被誘進最容易聚集校園內視線的中庭後，她就催促我和鈴夏使用「隱密」模式，再用「那個東西」大肆製造轟鳴。

並不是用來對付特定對象，「只是為了吸引注意」——如此而已。

「……唔、嗯…………」

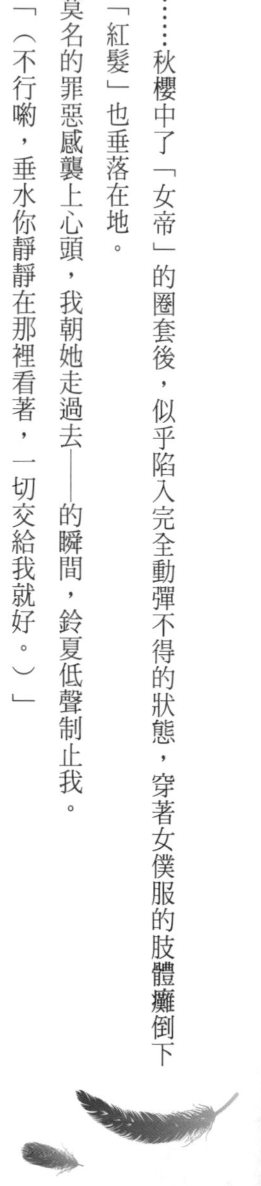

……秋櫻中了「女帝」的圈套後，似乎陷入完全動彈不得的狀態，穿著女僕服的肢體癱倒下來，「紅髮」也垂落在地。

莫名的罪惡感襲上心頭，我朝她走過去——的瞬間，鈴夏低聲制止我。

「（不行喲，垂水你靜靜在那裡看著，一切交給我就好。）」

「（咦？……啊，喂！）」

「（～♪）」

不等我回答，鈴夏就意氣風發地朝秋櫻走了過去。

雖然我覺得她話說得有點早，實在很擔心……不過，剩下的事情也很簡單。只要盡可能在貼近秋櫻的狀態下啟動「捕獲」模式，再中斷自己的「隱密」模式，這樣就結束了（通關）。想必對方也沒有橫生曲折的機會了。

這幾乎是「勝券」在握的決定性場面。

賭上「電腦神姬」與「世界」的地下遊戲（EUC），才進行到第三天就已經要拉下帷幕——

「——等一下。」

剛才似乎……有什麼「不太對勁」？

我對眼前的景象產生「強烈的異樣感」，於是緊緊閉上清澈的藍眸後，再睜開來看著「那個」。不過……還是很奇怪，看來不是我眼睛有問題，而是昏迷中的秋櫻確實有一縷髮絲染上了

紅色。

——那是混雜在柔和淡紫中的一抹鮮紅。

以比例而言不過是一小部分，但那抹「紅色」卻極為強烈地彰顯著自身存在。與此同時，無窮無盡的「不妙預感」直接灌進我的思考迴路。

「……鈴、鈴夏——」

因此，縱然我不知道這是什麼情況，還是打算先叫回鈴夏。

彷彿是要抵抗竄上背脊的惡寒似的，我一心一意地試圖伸出手臂。

「——咦？」

「然而」——儘管如此，即使做到了這一步的反應，我還是一丁點也無法理解眼前發生的現象是什麼意思。不，搞不好是我的腦袋「拒絕」理解，我的內心就是如此的混亂，或者說動搖。

……為了整理紊亂的思緒，我就直接來描述看看剛才所看到的「現象」吧。

首先，在我打算喊出鈴夏名字的瞬間，進入「隱密」模式的她突然解除了狀態。其實到這裡還算可以理解。「隱密」狀態會造成一切干涉無效化，也不能「捕獲」秋櫻，所以這是必要的操作。

問題在這後面。

秋櫻因為「注目度規則」而被束縛住，照理說完全動彈不得——但她「忽然睜開了雙眼」。

不久前還是藍色的眼眸如今染上「鮮紅色」，迸發出了光芒，只見她猛地翻動起身，以超乎常識的動作躲掉「捕獲」，就這樣帶有反擊意味地用單手碰了一下鈴夏的肩膀。

「咦？呀啊——！」

驚愕的尖叫聲撼動我的耳膜……雖然很難以置信，但光是輕推一下，鈴夏的身體就被彈飛到遙遠的後方。她那身哥德蘿莉塔禮服在修建過的地面彈起好幾次，停下之後才發出「嗚嗚……」的呻吟聲。

「可惡……！喂，鈴夏妳沒事吧？鈴夏！」

「——不要過來！」

「……什、什麼？」

「垂水你不用擔心啦，我很好，所以你『不要過來』。現在不是做那種事情的時候。別管我了，怎樣都好——反正你『快點逃就對了』！」

鈴夏趴在地上，儘管臉龐扭曲，但還是頑強地擠出這聲「警告」。

看到她表情的變化，我突然想起一件事，便看向終端裝置——「剛才啟動的『隱密』模式早就超過時間而失去效果了」……原來是這樣，我確實該儘早逃跑才行，畢竟失去「隱密」的加護就代表——

「……搜敵完畢，前方發現『敵性參加者』。根據威脅度推定，開放相當於第四階(Rank 4)的『固有

能力』。作戰目標：『擊破殲滅』。」

——「我已經被秋櫻發現了」。

「！」

耳邊傳來似乎有些「機械化的聲音」，我當即回頭的瞬間，便看到秋櫻挾著驚人的氣勢朝我迫近。那淩厲的表情與舉動，彷彿剛才那個冒失少女是另一個人似的。她只消一瞬便拉近與我的距離，中長髮飛揚起來，她直直地朝我伸出手。

「休……休想得逞！」

雖然這幾乎算是出其不意的攻擊，但幸虧有鈴夏的提醒，我才來得及勉強躲掉。

不過，當我打算反擊之際，便立刻發現一件事——「身體很沉重」。由於「隱密」模式中斷，許多視線也集中到我身上，產生了絕對無法忽視的「枷鎖」。

這一點我明白。雖然明白……但若是這樣，「為什麼秋櫻就能行動自如」？

「…………」

我將沉重的右手放在後頸上，並撥開已經吸了些汗水的金髮。

……只要一下子。只要一下子就好，我需要能夠專心思索的時間與地點。既然秋櫻不知為何不受「注目度規則」影響，中庭對她而言只會更加有利。「將戰場移到避人耳目的環境才是上策吧」。

「呼……」

是的，沒錯——「差不多該切換意識了，垂水夕凪」。

秋櫻的驟變確實很異常，但怎麼可以因為這樣就驚慌失措。EUC和ROC及SSR一樣都是地下遊戲，本來就不是抱著善意創造出來的玩意兒，規規矩矩地進行遊戲就能通關這種事打從一開始就不可能發生。

因此——

「終端裝置啟動——『生成』模式！」

我在稍遠的位置一邊盯著秋櫻，一邊做出了一項道具。那是只存在於遊戲世界的便利道具，消耗20％電量的——可以說是「能夠飛簷走壁的鞋子」。

「……追得上的話就來追我啊，秋櫻。」

我將比想像中還要硬實的鞋子穿在雙腳上，向秋櫻露出賊兮兮的扭曲笑容。

接著，明知自己暴露在大量的目光之下……我還是朝校舍的牆壁用力蹬上去。

「畢竟機會難得，我們就在『最上面』交手吧！」

「……『敵性參加者』逃亡。進行追蹤。」

秋櫻沒有回應我的挑釁，低聲說完這句話便立刻追了上來……那種說話方式果然很獨特。不知該說是機械化還是公式化，我腦中莫名閃過「自動作用（Automatisme）」這個名詞。看她連頭髮和眼睛都變成

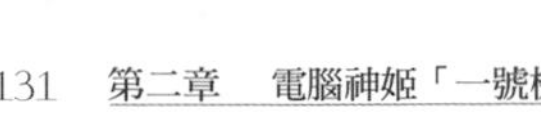

紅色，簡直就像是進入「覺醒模式」似的。

「該不會……這才是那傢伙的『能力』吧？」

我沿著校舍的牆壁往上奔跑，在如此不可思議的體驗中說出這樣的推測。

儘管我還沒弄清楚——舉例來說，可能是具有自動迎擊性能的能力，發動與否無關本人的意志。若真是這樣，過去那種「冒失性迴避」也可以理解為這個能力的「徵兆」，反過來說，星乃宮在昨天之前都會給予詳細指示是為了隱藏這個能力。

然而。

「……『不只如此而已』。」

光是如此，還不能說明秋櫻為何能夠繞過「注日度規則」。

說到底……作為前提，「EUC全面禁止使用違反現行規則的能力」。無論擁有什麼樣的能力都絕對不可以打破規則。那麼，秋櫻是怎麼躲掉鈴夏的「捕獲」的呢？

「……呼……呼啊！」

每爬上一層，校舍各處都會掀起尖叫聲與歡呼聲，而另一方面，也許是角度導致看不清楚的緣故，視線的束縛逐漸減弱。

當我抵達頂樓的時候，身體的沉重感已經完全消失了……但才剛安心地呼出一口氣，秋櫻馬上就以前傾姿勢追了上來。

「捕捉到『追蹤目標』。重啟戰鬥行動——」

「重啟個頭啦！」

我立即啟動「加速」模式，想辦法應對她的攻擊。然而，秋櫻的移動速度果然不對勁，早就超出高速移動這種尋常的程度了。

要比喻的話，沒錯，更像是瞬間移動——「沒有距離概念的移動方法」。

「……沒有距離概念？」

我大幅拉開與秋櫻之間的距離，將白皙的右手放上後頸。

——「很接近了」。問題大概就在這裡。

秋櫻的「移動」之所以快到脫離常軌，是因為「距離」這個概念本來就不適用在她身上。既然如此，如果我的推測是正確的，規則等等都不是重點，而是這個世界最根本的設定已經被改變了。

同樣地，秋櫻之所以能夠在「注目度規則」下自由行動……難道是「其他學生看不到她」嗎？「所有人的認知都被改寫了」？

「…………」

我知道，這種構想未免過於離奇，是無稽之談。

但是——沒錯，回想一下吧。秋櫻是電腦神姬一號機，「與最初期的地下遊戲同時誕生的原

初電腦神姬」。而她所擁有的特殊能力究竟會是什麼？斯賁爾能夠舉辦地下遊戲，能夠構築出如此精密的遊戲場域，可全都是她的功勞。

答案從一開始就只有一個。

「……『對遊戲世界本身的干涉能力』……？」

『……哦，你果然具備相當厲害的洞察力呢。』

「！星乃宮……！」

聽到秋櫻的終端裝置突然響起的平靜嗓音，我精緻的五官猛然扭曲起來。

相對之下，星乃宮織姬那淡然語調中夾雜著幾絲得意的意味，「全面肯定」我的荒唐推測。

『如你所說，「電腦神姬一號機秋櫻的能力就是『創造與改變遊戲世界』」。這是屬於打造地下遊戲方面的能力，換句話說……現在的她，正是「統治者」。』

「統治者……這——」

『你覺得不可能嗎？但是，剛才你自己不也認為「只能作此推測」了嗎？』

她的嗓音帶了些冷笑，而我無法反駁，只能沉默地握緊雙手拳頭……不妙。再怎麼說，那種能力都太犯規了。「在不牴觸規則的情況下任意擺弄世界」，這實在太惡質了。

我緊握拳頭，按在因動搖與驚愕而劇烈跳動的左胸上。

……唯一的安慰在於，現在還只是「上半局」。在進入下半局之前都是我當鬼，所以對方再如何猛攻也無法讓我輸掉遊戲。

不過反過來說，如果這個模式的秋櫻連「捕獲」模式都具備的話，那就真的有可能會即刻全滅了——

『嗯，沒錯，「你明白這一點真是太好了」……秋櫻，告訴我時間。』

「下午四點五十七分二十三秒。EUC第三天已進行一小時二十九分五十八秒……五十九秒……準點。『進入下半局且開放「捕獲」模式』。」

「——什麼？」

騙、騙人的吧？已經過那麼久了嗎……？

我看向終端裝置，亟欲否定聽到的情報，但現實是殘酷的，現在時刻正如同秋櫻的報告。在我們集中精神進行追逐和戰鬥之際，似乎耗掉了比想像中還要大量的時間。

因此——也就是說，現在的「鬼」是秋櫻。

和剛才掠過腦海的最糟情況一樣，「她輕輕鬆鬆就能制住我們」。

「……『終端裝置啟動』。」

秋櫻輕碰一下左臂的終端裝置，再次以瞬間移動拉近與我的距離。我啟動「加速」模式勉強躲掉了，但這樣不過是在拖時間罷了。

秋櫻轉眼間就追趕上來，我完全無路可逃。

她已經轉為獨立行動，不再需要等待星乃宮的指示，她就這樣帶著沉著無比的表情一口氣逼近我——「然而」，就在這個瞬間。

「哈！喲，抱歉我遲到啦，夕凪……嗯？你們在忙什麼？」

隨著熟悉到令人煩躁的嗓音，「眼熟的深褐色頭髮不良少年」擋在了我面前——

#

「……呿！」

幾乎就在感覺很火大的咂嘴聲響起的同時，十六夜手上的手槍「鏗」地發出刺耳的聲響，遠遠地被彈飛到後面去。

緊接著看到女僕服的裙子飄飛起來，我便推測出手槍是被秋櫻「踢飛」的……但無奈的是實在太神速了，我連她攻擊的瞬間都沒看到，就是這種層級的交戰。

「哈——妳這傢伙有意思，很不錯。看來我終於可以戰個痛快了啊！」

只不過，十六夜是無與倫比的戰鬥狂，而且具有「尋求強敵」的天性，這對他來說反而是求之不得的情況。那傢伙愉悅地勾起嘴角，用敲打般的動作啟動左臂的終端裝置。

「呃，唔？那就……『生成』，接著是『加速』，然後再一次『加速』。」

──連續使用兩次「加速」嗎？

雖然我不曉得那傢伙是在哪裡學會操作終端裝置的，但再度「生成」的手槍顯然比剛才那把還要強韌，他的表情似乎也帶有幾分認真的意味。大概是在經過剛才的攻防之後，他對秋櫻的警戒提高了吧。

這時，或許是感受到十六夜的「臨戰態勢」，秋櫻也稍微有所動作。

「……已確認『敵性參加者』增加。開放『生成』模式。」

那雙染成鮮紅色的眼眸望著虛空，她淡淡地如此說道。

她創造出來的是「武器」，而且是光是刀身就超過一公尺的長柄「日本刀」。她之前一直是以赤手空拳進行攻擊，但看來也一樣提高了警戒。

十六夜露出扭曲的笑容，秋櫻則略為垂下視線，靜候時機。

雙方靜止不動，不久後率先開戰的是──十六夜弧月。

「喝啊！」

大概是想遮蔽對手的視野，十六夜甩動外套，從正面向秋櫻開槍。超音速的子彈猛烈地破空飛出，但秋櫻的反應很冷靜。她使出那招「瞬間移動」躲掉子彈，就這樣順勢欺近十六夜身前。

「——！」

接著劍芒一閃，她毫不猶豫地舉刀橫掃出去……這招反擊技真是凌厲得嚇人。照一般情況來說，光憑這招就分出勝負也完全不奇怪。

「——啥？什麼啊，妳真的有想打的意思嗎？動作慢到我都要打呵欠啦。」

遺憾的是——令人打從心底遺憾的是——「那個戰鬥狂並不是一般人」。十六夜不知何時往後一退逃出了斬擊範圍，並將槍管抵在太陽穴上，一臉壞笑地挑釁著秋櫻。

……但我猜，他那句話是在虛張聲勢。

無論我和十六夜的動態視力差多少，秋櫻的動作都絕對稱不上「慢」，倒不如說是眼睛都跟不太上的超高速。至於十六夜為何能夠躲掉她的攻擊，應該歸因於她的攻勢非常「容易看穿」。她的動作精準且無可挑剔，但正因如此才顯得機械化（Template）。

「…………」

暴露出這種弱點（要說弱點可能太誇張就是了）的秋櫻，那淡紫髮絲滑落在臉頰上，眼睛動也不動地盯著十六夜。她像是在探究他那句話的真正含義似的垂下視線，「右手輕輕放在終端裝置上」。

她要做什麼……是說……「該不會」——

「——『隱密』模式啟動。」

瞬間，秋櫻的身體緩緩融進空氣中。

「隱密」模式……沒錯，這下糟了。雖然「隱密」狀態下無法對其他人進行干涉，必須在攻擊前解除，但依然可以藏住進行攻擊前的「路徑」。這樣一來，我們便不可能識破她的下一波攻勢。

「呿！雖然這不像我的作風……但現在也不能說這種話了。『生成』模式！」

十六夜大概馬上就察覺到這件事，他利用「生成」模式創造了巨大的盾牌，然而——

「……已掌握剛才那句話的意圖。的確『慢到都要打呵欠了』。」

「嘎……！」

——突然出現在十六夜「旁邊」的秋櫻猛力揮出一刀，輕而易舉地將他打飛出去，掉在了我這邊。

「嘖……痛死了，喂！」

十六夜咂嘴，表情半是愉悅半是焦躁。剛才的傷害似乎對他的身體能力值造成相當大的負荷，那一貫的猙獰笑容也稍稍收斂了幾分……話雖如此，那傢伙還是用盾牌擋住剛才的斬擊，至少沒有直接中招。他的反射神經依舊跟怪物沒兩樣。

這時，十六夜向我拋來狐疑的眼神。

「喂，夕凪，那個像天災一樣的丫頭是誰啊？你應該曉得吧？」

「我才想問你啥都不知道就跑來找碴是怎樣……真是的。聽好了，那傢伙是電腦神姬。電腦神姬一號機，名字叫做秋櫻。」

「……喂喂喂，真的假的。哈！原來如此！怪不得會這麼強！」

「煩耶，不要變得更亢奮好嗎，你這個戰鬥狂……話說回來，你為什麼會在ＥＵＣ裡面？你不是這間學校的學生吧？」

「啊？還不就是那個臭女人——女帝叫我來的啊，這還用問嗎？」

「……所謂『認識的人』原來是你啊……唉。」

「哈，你嘆氣也嘆得太大聲了吧，小心我揉爛你的嘴啊。」

「隨你怎麼說啦。要是你敢碰春風一根寒毛，老子就拿漂白水從你頭上倒下去。」

「啊？」「啊啊？」

『——兩位的感情還真好呢。』

「「！」」

我就這樣躺在地上和十六夜互相瞪視之際，秋櫻緩步朝我們走來，而她的終端裝置傳出了夾雜輕笑的聲音。

我反射性地站起身……沒錯，雖然我很不想承認這一點，但多虧了某個突然殺進來的戰鬥（笨蛋）狂，我的體力好像恢復了一些，所以——

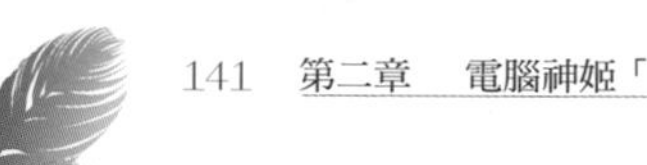

「十六夜，你就在那裡躺好──現在輪到我了。」

我撥動金色長髮摺下這句話後，轉身與秋櫻正面對峙。

……坦白說，我想不到任何能夠脫身的方法。電量已經所剩無幾了，而距離第三天結束還有很長一段時間。

儘管如此──我唯獨沒有「逃出這裡」的選擇。

「…………」

秋櫻沉默地探究我的眼睛，我則迎視回去，慢慢轉為互瞪的態勢。飄盪在彼此之間的緊張感逐漸昇高，很快就突破臨界點──正好就在這個時候。

「…………呼喵～」

「……咦？」

秋櫻突然發出虛軟的聲音，整個人癱倒了下來。

我立刻衝過去朝她伸出手，她大概是出於生存本能的驅使，下意識地緊緊抱住了我。柔軟的肢體挨過來，我隨即失去平衡被壓倒在地上。

濃郁的甜香輕柔地竄入鼻間。

不僅如此，我這時才注意到──「秋櫻恢復成原本的模樣了」。雖然她閉著眼睛，我不確定眼睛是否有恢復，但至少頭髮已經沒有一小部分被染紅的情況了。「這個秋櫻」是我所知道的那

個冒失女僕秋櫻。

……這、這是怎樣？究竟發生了什麼事？

我內心大為混亂——秋櫻的終端裝置忽然微微振動了起來。

『時間到了嗎……真是沒辦法。那麼，今天就當作平手（Draw），明天再繼續吧。』

星乃宮只告知我這件事，不等我回應就切斷了通話……時間到了、平手。稍遲過後，我那在慌亂中放棄思考的腦袋才開始消化這些訊息。

消化吸收完畢——接著。

「……唉、唉——…………」

EUC第三天的下半局，以我因為安心與疲憊而發出的嘆氣聲盛大地劃下了句點。

#

——隔天早晨。

「總覺得……沒有睡好啊。」

我搖了搖似乎有點沉重的腦袋，坐起身來。

睡眠不足的原因很簡單，我在思索秋櫻在昨天的遊戲中展現的覺醒模式，以及相關的戰略構

思——畢竟，要是找不到對付「那個」的方法，再次進入遊戲也只是重蹈覆轍而已。不對，考慮到三辻和十六夜都有消耗掉電量，不難想像形勢會比昨天更加不利。

不過，苦惱一整晚還是有收穫的，我已經掌握住「攻略的線索」了。

「昨天秋櫻覺醒的時間是十分鐘再多一點。從星乃宮的說法來看，可能多少會有一點誤差就是了……但不管怎樣，『那個模式的持續時間應該沒有多長』。」

——沒錯。

那個模式是讓秋櫻面臨一定程度的危機時覺醒，而十幾分鐘過後就會像沒電一樣倒下，所以簡單來說，「只要將啟動模式的時間點往前挪就可以了」。趁她還沒辦法使用「捕獲」模式的時候解除覺醒狀態，就能輕易地讓她失去戰鬥能力。

「可能就是有這樣的缺點，星乃宮才會把這一手藏到昨天吧。」

若是如此，應該有辦法針對弱點下手。

不過……這樣一來，我們就必須在上半局結束前十到十五分鐘左右讓秋櫻覺醒，如果要保留餘裕就要再提早一點。直接當作「進入下半局就是等輸」也沒問題——因此。

「果然還是『該進攻』。雖然多少有風險……但拖愈久就愈不利。」

我回想今天早上才終於得出的結論，然後輕輕點頭。今天的規則大致上決定好了，剩下就看星乃宮織姬會如何應對了。

「啊……對了，說起來。」

我太專注在遊戲上，完全忘記今天是週末，也就是星期六。跟昨天之前不一樣，今天不用上學，所以還是在同一個地方制定規則嗎？

…………唔。

我有點拿不定主意，最後念頭一轉，決定問問看瑠璃學姊。我拿起枕邊的手機打開ＬＩＮＥ——順道一提，現在距離鈴夏出來擾亂的時間還很早，所以畫面很平靜——簡單輸入問題傳給她。

『——學姊，今天也是在平常的教室制定規則嗎？』

『哎呀，抱歉抱歉，說起來是我沒有通知你呢。沒錯喲，今天一樣下午三點來你的教室。學校還是有社團活動，應該可以正常出入校舍。』

『知道了，謝謝學姊。』

『嗯…………啊，對了。我可以問你一個問題嗎？』

『什麼問題？』

『這純粹是我的疑問啦。

——你真的覺得自己贏得了織姬大人嗎？』

『……？哦，對啊。如果不是的話，我早就放棄了。』

『嗯，聽你這麼說，我就放心了。只不過……我要給你一個忠告。

我所知道的織姬大人啊——該怎麼說好呢，就是很「完美」。不會出錯，沒有破綻，各方面都無懈可擊。所以，我認為這次的遊戲也是「這樣」喲。』

『……這樣是怎樣？』

『就是說，這可能是織姬大人心目中的「完美」遊戲——「勝負已分」的遊戲。搞不好「織姬大人在遊戲開始前就知道了結局，你只是按照劇本演出而已」。

如果是這樣的話，或許對她來說，ＥＵＣ並不是遊戲……而是單純的「作業過程」。』

『…………』

『……不過，話是這麼說，舉辦這次的遊戲也不是斯費爾全體人員的意思。舉例來說，我個人也想看看「你要如何戰勝織姬大人」喲。其實現在是這部分的心情比較強烈一點啦。所以——嗯，「你小心一點」。』

「……」

我瀏覽了最後一條訊息，但沒有回覆。正確來說是無法回覆。

——ＥＵＣ並不是遊戲，而是單純的作業過程？

打從參加的那一刻起，我就註定要輸掉這場遊戲？

不……不會的，應該沒這樣的事。畢竟，情況還沒有那麼絕望。秋櫻的能力確實非常不得了，但我已經想到突破方法了，至於追加規則也還稱不上誰占優勢，我依然有充分的勝算。

是這樣沒錯吧？……難道不是嗎？

「…………」

——到頭來。

無論怎麼說服自己，學姊的「忠告」都一直在腦中徘徊不去，我不斷地轉動著混沌的思緒，直到不久後春風來找我，並用雙手揉捏我的臉頰為止。

『EUC第四天開始前，中途情況。』

『「角色」所屬狀況。』

『「垂水夕凪」——電腦神姬二號機「鈴夏」、五號機「春風」。』

『「星乃宮織姬」——電腦神姬一號機「秋櫻」、三號機、四號機。』

『各種「追加規則」。』

『時間限制規則／範圍限制規則／協力者規則。』

『鬼的輪替制規則／通訊限制規則／注目度規則。』

久違的日記！

Name：秋櫻

今天是EUC的第三天。夕凪這次不是跟鈴夏交換身體，而是和春風交換了，不過，她們兩人同樣都是我重要的妹妹。夕凪果然是壞人。身為姊姊絕對不能容忍這種事情，我要懲罰他！

……唔，呃，離題了。

總之，今天的遊戲也非常辛苦呀。夕凪隊多了一個「女帝」（既然是夕凪的同伴，八成也是壞人，真不乖！），我有一瞬間以為自己死定了，但「那個模式」在危急時刻發動了……嗯。我當時感到有點安心。

因為變成「那樣」的時候雖然非常累，但會得到超強的力量。

儘管感覺上變得不像自己，有點怕怕的——不過，一想到那個模式能夠幫上姊姊大人的忙，還能順便狠狠教訓夕凪一頓，我就覺得自己不能沒有那個模式。

只不過，今天還是沒能分出勝負，實在讓我不甘心到了極點。一直想著如果那樣做就好了，或者這麼做早就贏了之類的……哼哼哼。至少要好好溫習過一遍，免得下次出錯。

……畢竟。

畢竟，我不能輸。

為了得到姊姊大人的認可——我一定要贏。

註：

最近，EUC的世界似乎有點奇怪。我說不太上來，但絕對很奇怪。總覺得，有一種難以形容的怪異感。好像有哪裡不太對勁，有什麼東西混進來了……我不知道該怎麼解釋，所以還沒有告訴姊姊大人。

唔嗯……不過，應該不是什麼需要特別在意的事情吧？

第三章　名為星乃宮織姬的災厄

CROSS CONNECT

＃

——失敗了。

犯下失誤、走了一步壞棋、判斷錯誤、策略太蠢。

「…………該死！」

我用春風的身體在校舍中四處奔跑，心中是無限的後悔。

之所以變成「這種情況」，最根本的原因在於星乃宮所設定的第四天追加規則。「身體能力值加總規則」——將當下的電量加在終端裝置持有者的身體能力值上。如此一來，一天結束前都不會恢復電量的「協力者們」的力量就會相對遭到大幅削減。

然而，不僅如此而已。光憑這條規則，還不至於把我逼進這樣的「劣勢」中。

所以……到頭來，顯然還是我制定的規則害到了我自己。

——「刪除隱密模式」。

如同字面意思，「刪掉遊戲中所有終端裝置裡的『隱密』功能」。

呃……我也不是在找藉口，但這條規則本身應該沒有多糟。「速度」是對付秋櫻覺醒模式的唯一解，而且多了條「身體能力值加總規則」，導致三辻和十六夜能夠發揮身手的期間又變得更短了。要改成短期決戰的話，「刪除防禦手段」絕對沒有錯。

但是。

就這樣展開的第四天上半局，坦白說，是只能用「一敗塗地」來形容的慘況。

說到底，我根本誤解了星乃宮制定的規則意思。把『身體能力值加總規則』當成單純只是用來抵銷「協力者規則」的反制手段。

但其實不只這樣。那個規則的效力沒有這麼溫吞。

那是……沒錯，「那是讓先當鬼的一方絕對會陷入劣勢的規則」。

畢竟「鬼」必須使用「探查」模式才能找到對手陣營的電腦神姬。既然如此，即使後續的電量消耗完全相同，「逃跑那方所受到的能力值補正始終都會高出鬼一截」。

「這樣一來，鬼（我）就一定要使用『加速』模式，但又會進一步拉開雙方的能力值差距……造成負面連鎖，最後就落入不斷惡化的情況中。」

我嘆了一口氣……儘管身為「協力者」的三辻和十六夜今天也發揮出無與倫比的遊戲天分，但秋櫻用她的「冒失」接連躲掉致命一擊，他們兩人的電量很快就見底，只好放棄繼續追捕秋櫻。

我和鈴夏也在途中不慎走散，現在正獨自一人躲著。

EUC第四天下半局，開始後過了一個小時又二十分鐘。

「竟然還有十分鐘啊……」

懦弱的話語就這麼脫口而出，我連忙搖了搖頭——唉，真是的，停止吧。怎麼可以才剛落單就講這種喪氣話？

趁秋櫻還沒追過來，大致整理一下目前的情況吧。

首先，我的電量剩30%。我原本想在今天分出勝負，於是拚命進攻，結果大部分的電量都耗在「加速」和「生成」上了。鈴夏那邊大概也差不多。只有受盡「身體能力值加總規則」眷顧的秋櫻至今還維持偏高的數字。

再加上不能使用「隱密」模式，顯而易見的劣勢就這樣明擺在眼前。

因此——總而言之，今天只能把「在剩下的十分鐘內逃到最後」當作目標來行動了。雖然跟一小時前的目標比起來降低了不少，但遺憾的是，我已經不能奢求太多了。

「……呼……」

我靠在走廊的牆壁上，不知第幾次

——拜託，「真的拜託，就這樣平安待到最後一刻吧」。

假如現在被秋櫻發現的話，我大概馬上就——

「…………咦？」

這時，左臂傳來的微幅振動打斷了我的負面思考。

是「終端裝置」。在「通訊限制規則」的影響下，幾乎沒有人會用ＥＵＣ的終端裝置通話，

但這時候確實短短振動了幾下。

……絕對不會是什麼好事。

不過，就算這樣我也不能忽略不看，於是我用顫抖的手指將終端裝置的畫面展開投影。

隨後，占滿視野的是某種系統訊息，只有一行而已，更正，是「用一行就能交代清楚的簡單通知」，一個事後報告。

那令人絕望的敘述字句——雲淡風輕地宣告了以下事實。

「電腦神姬二號機的寶玉變更為『紅色』」。

「混……帳啊啊啊啊啊啊啊啊啊！」

——唉，被抓到了。終究……被抓到了。

所謂的電腦神姬二號機，指的當然是鈴夏。鈴夏被秋櫻「捕獲」，因此遭到變更陣營。那個跟我走散的傢伙，那個獨自逃跑中的任性公主，「在我觸及不到的地方被星乃宮織姬奪走了」。

她過去受到製作者朧月詠長期虐待，不久前在SSR破關後才終於脫離那樣的牢籠——竟然又重新落入斯費爾手中。

「…………！」

我一點一點地用洋裝的背部摩擦著牆壁坐了下來，雙手抓亂了頭髮。

顯然……「顯然是我害的」。畢竟只要「隱密」模式還能正常運作的話，鈴夏就不會這麼快遭到「捕獲」，不會這麼輕易地被奪走。自責、自嘲、後悔，失去她的打擊讓我的思緒停滯。

接著，彷彿是要對我補刀一般——

『——「辛苦了」。』

「！」

突如其來的聲音在周遭迴盪著，那是「星乃宮」。那個在靜謐中響起的帶有冷笑意味的嗓音，不知為何透過我的終端裝置傳了過來。

儘管我有一瞬間因為搞不清楚情況而感到混亂……不過很快就想到了。

是「鈴夏」。只要有她的「終端裝置干涉能力」，像這樣傳訊通話是小事一樁。星乃宮制定的「通訊限制規則」還是有效，但並沒有禁止現實和遊戲之間的通訊。

我瞇起夾雜著煩燥的清澈藍眸，用帶刺的口吻回應左臂的終端裝置。

「辛苦了……？星乃宮，妳突然講這話是什麼意思？」

『還能有什麼意思，當然是指遊戲了。你沒有聽懂嗎？我可是思考了很久，才想出這句話來表達我個人的慰勞之意。』

「嗯，太強人所難了，妳這句話頂多只讓我感受到嘲諷和嘲笑而已。再說……不管怎樣，現在就致意收尾不會嫌太早嗎？『遊戲可還沒有結束』。」

說完，我用力握緊小小的拳頭。

……沒錯，就是如此。縱使我精神狀態不太好，但還沒有到自暴自棄的地步。既然春風沒被「捕獲」，星乃宮就還沒有達成勝利條件。現在放棄太早了。

「的確，我是窮途末路了。不過……明天是第五天，由我先制定規則。只要不擇手段，力挽狂瀾根本不是難事——」

『……呵呵呵。』

「……笑什麼啊，哪裡好笑！」

『噢，沒有，因為你「垂死掙扎」的樣子有點滑稽。要具體指出哪一點的話……那麼，我建議你看看時間。』

「……時間？」

儘管我不想聽從星乃宮的指示，但也沒有必要抗拒，因此我看向終端裝置所顯示的時間。下午六點七分，稍微「超過」了第四天的結束時間……咦？

「下半局應該已經結束了……？怎麼回事？」

不太對勁。至少在昨天之前，下半局一結束就會執行「強制登出」。就算沒有明言規定，但照常來想，今天理所當然也會一樣。然而，為什麼我到現在都還沒有登出？

我垂下視線，姑且確認一下……占據視野的柔軟肢體怎麼看都不像垂水夕凪，而是春風那細嫩光滑的身體。

也就是說，EUC第四天「不知怎地還沒有落幕」——

「——『等等』。」

急遽湧起的惡寒讓我瞪大了雙眼，右手慢慢地放到後頸上……對了，原來是這麼一回事，為什麼我忘記了？為什麼我沒有想到？

EUC開始第一天。

在遊戲開始前的新手教學中，瑠璃學姊確實有這麼說過——追加規則時要指定一名自己陣營的電腦神姬，「只有該電腦神姬隸屬自己陣營的期間，規則才會生效」。

既然如此，沒有強制登出並不是什麼程式錯誤或延遲。

「是因為賭上『時間限制規則』的鈴夏被奪走了……『所以「今天」還沒有結束』。」

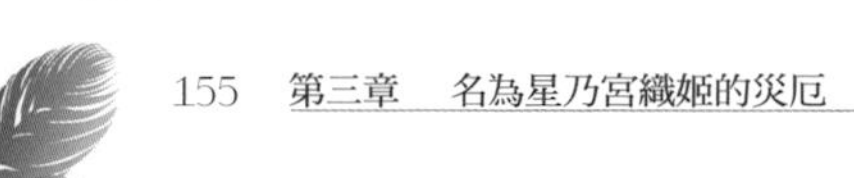

『對，沒錯，就是這樣。』

——星乃宮的嗓音再次混進一聲小小的嗤笑。

是的……EUC的進行期間只有每天三小時並不是基礎設定，而是我在第一天制定的「追加規則」。所以，賭上這條規則的鈴夏轉移到星乃宮的陣營後，理所當然不再具有效力……「不對」。

「不只是這樣而已。」

回想一下——我制定「時間限制規則」後，她制定了什麼樣的規則？

是「鬼的輪替制規則」，這條將EUC從亂鬥制變成回合制的大膽規則……這真的公平嗎？

不不不，當然不公平。我當時應該「準確地」掌握住規則內容的意思才對。

「……好，我知道了，所以妳當時才會用那種『微妙的說法』。原來早在第一天開始前的新手教學上……從那個時間點就在設局了啊，混帳！」

——在一天的遊玩時間內，「最初的一個半小時」由我的陣營當「鬼」，「剩下的時間」則由星乃宮織姬陣營當「鬼」，這就是「鬼的輪替制」效果。

我當時會覺得這是公平的規則，是因為「『時間限制規則』在那個當下已經生效了」，整體遊戲時間設定為三個小時，所以令人產生這樣的時間分配很平均的錯覺。

然而……現在拿掉「時間限制」這個徒增混淆的概念後，我才幡然醒悟。

只要這條規則還在，就會一直是由秋櫻當鬼。無論經過一個小時還是兩個小時，「在一天二十四小時內，我當鬼的時間只有『一個半小時』而已」。

「這……這樣根本——」

『根本跟輸了沒兩樣……沒錯，你這個理解大致上沒問題。』

相對於絕望得幾乎要扭曲表情的我，從終端裝置流出來的星乃宮聲音比平時更加愉快，用緩慢的、若無其事的語調踐踏我的心靈。

『我現在就可以如此斷定——「EUC的贏家是我」。只要目前正朝你接近的秋櫻「捕獲」你，遊戲當下就會結束。時間限制已經拿掉了，你再怎麼掙扎也沒用。不過，我也不會特意阻止你掙扎就是了。』

「…………」

『……看來你心不在焉呢。的確，以你的立場來看倒也情有可原。但是，我認為你不需要那麼失落。綜觀而言，客觀而言，你就是個英雄，只不過這次是「對手太強了」——僅僅如此罷了。你就當作遇到一場災難，乖乖放棄吧。』

「……放、棄……？」

『是的，難道還有其他選擇嗎？如果把第六具電腦神姬帶進來的話，那還有得談——呵呵。不，這麼說起來，是你拒絕讓其他電腦神姬參與呢。』

「……」

聽著那開玩笑似的挑釁，我逐漸難受起來，用雙手摀住了耳朵，並縮起身體阻隔一切聲音。再繼續跟她說話，我怕我會發瘋。

——星乃宮織姬，「魔術師」斯費爾的頂點，出類拔萃的天才中的天才。

如同瑠璃學姊數小時前給予的「忠告」……她打從最初的那一刻，就做好了擊潰我的所有準備。

「……呼、呼…………唔！」

我連呼吸都有些困難。

因為四處逃跑的緣故，身體原本還在發熱，現在卻禁不住地感到寒冷。

當我兀自顫抖不已之際，視野中——

「……已捕捉『敵性參加者』。」

——出現了秋櫻喀喀地踩著沉穩腳步聲走來的身影。

對於已然無力抵抗的我而言，那正可謂是「死神」的到來。

#

『確認電腦神姬二號機「鈴夏」變更陣營。』

『確認電腦神姬五號機「春風」變更陣營。』

『根據此次異動，隸屬「玩家」垂水夕凪陣營之「角色」歸零，且「角色」之附帶規則亦全部消失。』

『追加規則失效處理完畢。停止「玩家」垂水夕凪之遊戲進行權限。』

『推定遊戲管理系統於四小時二十二分三十秒後全部處理完畢。本遊戲E.x. Unlimited Conquest將於同一時間完全結束——』

——回過神來，我人已在現實世界。

現在畢竟是十一月下旬，儘管剛過傍晚，太陽已經完全西沉。教室不知為何沒有開燈，和遊戲世界裡一樣昏暗，氣氛詭譎，甚至有些恐怖。

「…………」

我看也不看正在講臺旁邊靜靜微笑的星乃宮，垂下頭就這樣沉默著轉身背對她，搖搖晃晃地

走在因為假日而沒有其他人的教室中。我現在只想離開這裡，逃出這間教室，於是腦中不帶任何思緒地朝後門走去。

就在這時候。

「啊……」

我的視線從星乃宮身上移開後，與有些無所事事地佇立著的瑠璃學姊對上了眼。她穿著同樣的連帽上衣和熱褲，但不知怎地脫掉了兜帽，露出一頭亮麗黑髮與端正漂亮的五官。

學姊她用右手抓著垂下的左臂，怯生生地開口了。

「那個……啊哈哈，抱歉喲，我說不出合適的貼心話。不過在你登出之前，我有努力思考過自己該說什麼就是了。」

「沒關係……反正不管妳說什麼，我都不會有感覺的。」

「哦，嗯，也對。在內心充滿悲痛和不甘心的時候，就算受到安慰也沒辦法坦率地接受。畢竟沒有容納的空間，被排斥出去也是理所當然的。」

「…………」

「呃……抱歉抱歉，講這種話也無濟於事吧，你才剛斷定自己不會有感覺的。所以我不是要說那個，而是……這、這個，該怎麼說才好。」

學姊說到這裡停頓了一下，忽然用右手做了一個拉下兜帽的動作，但她現在根本沒有戴上兜帽。那白皙的指尖滑落抓了個空，她臉色微紅，像是要遮掩似的甩了甩頭。

接著，她這次將手插進連帽上衣的口袋，從那裡取出了「某個東西」。

「對、對了……既然這樣，你要不要這個？」

瑠璃學姊用擔心般的口吻說著，輕輕伸出了手。我一邊心不在焉地以為她又跟平常一樣要給我糖果，一邊垂下視線——結果我完全想錯了。

她手上的是「ＥＵＣ的遊戲終端裝置」。

「……？……這、這是……是準備在我傷口上撒鹽嗎，學姊？」

「咦——啊，不是，不是啦！等一下，我可沒有那種打算喔。」

「那妳為什麼拿出這個東西？」

「這是……那個，可能真的是我多管閒事啦……其實呢，管理者（我）專用的終端裝置有附簡易的錄影功能。所以，這裡面還留著一些ＥＵＣ內的影像。」

……稍遲過後，我明白了學姊想表達的意思，不由得沉默下來。

她告訴我終端裝置附有錄影功能——簡單來說，這就像是把「相簿」送給我吧。要我收下「這東西」留作紀念，別再試圖挽回春風和鈴夏。

「——你、你還是生氣了嗎？」

看到我不發一語地扭曲著表情，學姊有點著急地開口道：

「如果你在生氣的話，我就再說一次好了……對不起，我好像不太會察言觀色，這一點我道歉，也會反省的……不過，『我算是站在你那一邊的』，請你一定要相信。」

「…………」

「……你可以好好看著我的眼睛喲，難得我都脫掉兜帽了。」

說完，學姊朝我走近一步，從下方探頭看著我的眼睛。她強顏歡笑的表情令人心疼，感覺不到想傷害我的意圖。

——真是的，我是白痴嗎？

學姊一點錯也沒有。她的立場確實比較複雜，做法也很笨拙，但她是真心地為我感到擔憂。要是我對她發脾氣，只會變成單純在遷怒而已，這種「推卸責任」的行為是最差勁的。

「……我知道了。雖然我應該不會看吧……但就先收下了。」

因此，我接過終端裝置塞進口袋深處。

「我說，星乃宮……拜託妳了，我怎樣都無所謂，別對她們——！」

「請你放心。我可沒有閒工夫去加害那些為了計畫而存在的『棋子』。」

我看了一眼面帶隱約笑意的星乃宮，便閉著眼離開了教室。

#

——只有最初的幾步能正常行走。

「……！」

我不知道該如何使喚身體。因為不知道，所以只是一個勁地移動雙腳。我不知道該如何運轉腦袋；因為不知道，所以思緒永遠繞著同一個地方打轉。

我輸了——我輸了、我輸了、我輸了。

星乃宮織姬奪走了春風和鈴夏。

我該如何是好？我該做什麼才好？已經沒救了嗎？……也對，這是當然的。ＥＵＣ是互相奪取電腦神姬的「鬼抓人」，而失去春風和鈴夏的我，手上沒有任何籌碼了。

我沒有守護住她們兩人。我讓她們兩人——

「……『兩人』？」

想到這裡，我登時停下腳步。

兩人……？真的是這樣嗎？「我失去的就這樣而已嗎」？不，這不對，不應該是如此，「受到的損失不可能只有這種程度」。

畢竟，星乃宮的「目的」——是「征服世界」。

「！」

強烈的惡寒襲來，我再次衝了出去，不顧一切地奔下樓梯，就這樣穿著室內鞋跑出鞋櫃區，然後橫越中庭，穿過校門，一路目不斜視地狂衝到學校前的大馬路。接著——

「唔……啊……！」

——映入眼簾的景象令我怔怔地瞪大了雙眼。

這條主幹道平常車流多到要過馬路都很困難，是這座城市的大動脈，現在卻「一個行人都沒有」……不，不對，並不是沒有人，而是「沒有人醒著」。雜亂停駐的車內、兩側延伸的人行道上，「所有人都陷入了深沉的睡眠中」。

這情況……可以用一句話來解釋。

「『大家都被迫登入了——所有人都在ＥＵＣ裡』！」

……就是這麼一回事吧。

「時間限制規則」消失，再來「範圍限制規則」也失效了。既然如此，「ＥＵＣ要擴展到哪裡都不是問題」。無止境地擴大範圍，並透過「強制登入」的形式將現實世界的人拉進遊戲。

全都是我害的——因為我輸掉了遊戲。

春風被奪走，鈴夏被奪走……然後，真的連世界也被奪走了。

「唔……啊啊啊啊啊啊啊啊啊啊啊啊！」

我在校門前用盡全力大吼，當場抱著頭慢慢蹲了下來。

壓倒性的無力感、敗北感、後悔、寂寥、自責、慟哭、謝罪、自嘲，以及絕望。龐大的情感從體內滿溢而出，我連現在該思考什麼事情都不曉得了，好想就這樣睡著，從這裡消失。

然而，目前的我一定連這種事情都做不到。

我硬是叫起完全不聽使喚的身體，勉勉強強踏上歸途。

耗費以往將近十倍的時間後，我終於回到家了。

一路上沒有遇到任何人。雖然我不清楚ＥＵＣ的侵蝕範圍，但至少以現狀而言，學校數公里內應該都納入勢力範圍內。

「——唉…………」

我昏昏沉沉地想著這種事情，回到房間的第一件事，就是粗魯地打開窗簾和窗戶，讓冷空氣流入室內，接著人就癱倒在床上。我翻了個身變成仰躺的姿勢，右手背抵在額頭上，用朦朧的視野看著天花板。

這種時候，春風大概會溫柔地出聲安慰吧。

鈴夏的話，大概表面上會嘲笑我，但到頭來還是會鼓勵我吧。

儘管再怎麼想也沒有意義，耗弱的腦袋卻總浮現出這一類的想像。

「…………」

——我真的要討厭起自己了。

或許，在通關幾個地下遊戲之間，我不知不覺變成了傲慢的人。就像ＲＯＣ、ＳＳＲ那樣，即使面對斯費爾幹部這樣的對手，我還是自顧自地以為最後一定能扳回一城。只看ＥＵＣ的話，可能還多了一個秋櫻是「冒失少女」的因素。總之，我就是掉以輕心，「結果這股自傲反而被星乃宮拿來利用了」。

僅僅是如此，我至今累積下來的一切便輕而易舉地崩毀消失。

「……所以，我現在才會『剩下自己一人』。」

我有些自嘲地低聲說道。窗戶明明敞開著，外頭卻連細微的響動都聽不到。

沒錯——本來就這樣。畢竟，「我沒辦法登入斯費爾的遊戲」。

因此，即使每個人都去了ＥＵＣ的遊戲世界，我也只能待在現實世界（這裡）。失去了春風和鈴夏，我連和別人交換身體都沒辦法，獨自留在這座沉睡的城市。

那麼，我今後直到永遠都只能孤獨一人嗎？

我必須用這雙眼睛牢牢記住這個逐漸遭到侵蝕的世界，永遠獨自背負著輸掉遊戲的責任嗎？

這種事情……這種事情我做不到。別說永遠，光是幾天就承受不住了。

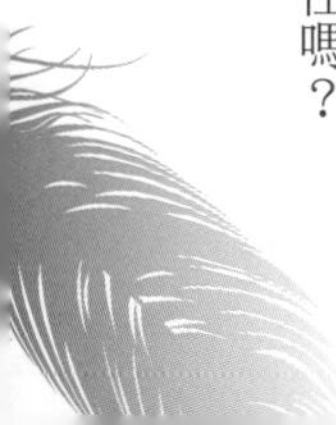

「所以，至少……『至少也讓我去那邊啊』……！」

我用力閉眼說出這種話，連續按著手機的電源鍵。

……我的心靈，早在很久以前就受到了重挫。

我沒有繼續努力下去的理由。我是為了保護春風才參加ＥＵＣ，不想讓鈴夏被奪回去才會不厭其煩地反抗到底。一旦失去了一切，我便不曉得自己振作起來的目的是什麼。

位於內心深處的「火焰」，即將被占據其他絕大部分的「徹悟」給抹消而散。

曾幾何時那個對一切事物感到絕望而「不信任人類」的我，即將再次探出頭來。

——正好就在此時。

「……咦？」

我好像聽到了小小的叩響，肩膀微微抖動了一下……怎麼了？是鳥還是其他什麼——叩！彷彿要打斷我的思緒一般，那個「聲音」無庸置疑帶著某種意圖不斷地響著。

「那個聲音」是從窗戶那邊傳過來的。

應該是拿棍子之類的東西在敲打吧。叩叩叩的連續聲音非常粗暴且隨便。那種敲打方式毫不客氣、沒規矩又雜亂無章，但我似乎在哪裡聽過，覺得有點懷念。

「——————」

啊……對了，我怎麼會忘記呢？

「『窗簾和窗戶全打開』在我們之間是『立刻給我過來』的意思」。尤其我很少主動打這種暗號，幾乎是不可能的事情，所以「那傢伙」戰戰兢兢地先用聲音來試探我的反應。

「哈……哈、哈哈……」

回過神來，我的嘴唇正微微顫抖著。

某種異常熾熱的東西從胸口湧上。原本再放置不管就會消失的內心「火焰」，又強制性地燃燒了起來……我的眼淚就快奪眶而出。

開什麼玩笑啊，妳這傢伙。

「為什麼妳總是可以像這樣——在這種絕佳的時間點，出現在最靠近我的地方啊」？

「——阿凪？呃……你在哭嗎？」

那對我而言，正是救贖的象徵。

那對我而言，正是日常的象徵。

那對我而言——正是無可取代的青梅竹馬。

「…………怎麼可能啊，『笨蛋雪菜』。」

只見穿著睡衣的佐佐原雪菜，正一臉擔心地注視著我。

#

「──所以。」

雪菜侵入我的房間後，大概過了一個小時。

因為諸般原因而臉紅的我，甩了甩頭掩飾過去，並冷冷地向坐在床上的雪菜說道：

「妳為啥會在這裡啊？」

「哇，你這是什麼口氣啊？不會太過分嗎？還不是阿凪你難得打了『來找我』的暗號，我只好勉～為其難地來安慰你啊！」

「什麼安慰……我又不需要──」

「你想說你不需要安慰？『那剛才是誰將臉埋在我胸前大哭呀』？」

「──！」

「呃……啊、啊哈哈，還是別鬧你了吧，看你反應這麼大，連我也跟著害羞起來了……不過，你沒事吧？阿凪，你的臉從剛才就很紅耶。」

「…………吵死了。」

我的視線移向他處，彷彿是要逃避雪菜那惡作劇般的追問，並小聲地脫口反駁了一句。

不過……的確，的確「是有這麼一回事的樣子」。一個多小時前，我的精神被逼到了極限，不由得覺得當時出現的雪菜儼然是女神或天使般的存在。而且她一看到我的表情就微微點了點頭，溫柔地張開睡衣下的雙手，傾著頭告訴我：「可以喲。」……如果有靠過去以外的選擇，我倒希望有人能告訴我。

在她的引導下，我將臉埋進了那柔軟的胸口。

她輕撫著我的頭，掌心的溫度讓我開始有些陶醉。

我整個人就像是籠罩在雪菜的淡淡甜香中，微鬈的褐色髮絲不時搔著我的臉頰，有一種縈繞在體內的絕望感不斷融解消逝的感覺，而回神之際，已經過了數十分鐘以上——這樣的解讀方式好像也不是不可以。

「…………」

「呵呵！那個愛耍嘴皮子的阿凪竟然沉默下來了，看來是相當害羞呢。」

雪菜看著回想起詳細經過而變得更消沉的我，面帶笑意地繼續追擊。

「哎呀呀～話說回來，阿凪果然還是個小孩子呢。平常總是瞧不起我，只有這種時候會跟我撒嬌，真是的，什麼時候才能讓我少操點心呀！」

「少操點心……嘴巴這麼講，妳自己還不是很有興致。至少我可沒有叫妳摸我頭啊。」

「咦？才、才不是呢。那是因為你的手抱住我的腰，我就下意識——等等，這種事不要讓我說出來啊，笨蛋阿凪！再、再說一個小時也太久了吧！你前半段時間確實是一臉快死的模樣啦，但最後你是帶著幸福的表情埋在我懷裡對吧？」

「哪、哪有啊？別搶我的台詞啦，笨蛋雪菜！我本來打算很快就放開的，結果妳抱得太緊了，我根本掙脫不開啊！」

「你、你是在怪我嘍？你還不是在我身上發情——唔，噢……我、我說阿凪，這個話題差不多就到這裡了吧。」

說著說著，雪菜也許是腦中有什麼畫面，她忽然臉龐一紅，頭上冒出了蒸氣……我完全同意，畢竟這種對話對誰都沒有好處。

「呼……」

我甩了一下因為諸多緣故而發熱的腦袋，再次在雪菜旁邊坐下，而且是幾乎緊接著彼此的距離，近到能隔著衣服感覺到對方的體溫——不過，這並不是巧合或意外。坦白說，剛才嘗到的強烈孤獨滋味讓我非常眷戀人的體溫。

「嗯。」

也許是這樣的心情正確傳達給了雪菜，她並沒有繼續捉弄我，而是露出了溫柔的笑容。她順

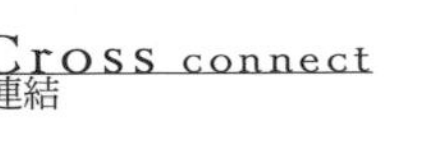

道輕輕抬起右手，緩緩放在我置於床鋪的左手上，彷彿纏繞著每一根手指般緊緊包覆起來。

——接著。

「噯，阿凪……差不多可以告訴我發生什麼事了吧？」

「……嗯，也對。」

我微微點頭。從雪菜的角度來看，她確實是對現狀一頭霧水，我該向她解釋一些最基本的事情。

「但在這之前……雪菜，我剛才也問過了，『妳為什麼會在這裡』？」

「咦？呃……這個問題還需要問嗎，阿凪？我請假沒上學的原因你最清楚吧？就是身體不舒服嘛，我生病了。雖然燒已經退了，但醫生說這星期最好都別去學校。」

「沒啦，我知道妳生病啊。」

這是當然的。我幾天前才帶三辻和春風去探病而已，昨天和前天也有獨自去雪菜的房間，當時就得知了詳細的病情。

「——可是，那種事現在不重要。」

「不重要？等、等一下，阿凪，好歹我這個可愛溫柔的可愛青梅竹馬是因為擔心你才特地跑來你的房間耶，你講得這麼無情不會太過分嗎？」

「現在不是說這種話的時候啦……唉。那個啊，雪菜，我接下來要講的事情對妳來說可能沒辦法全部相信，但沒關係，妳聽著就是了。」

「？……呃，嗯，我知道了，你說吧。」

「謝謝妳理解。那麼，說得簡單易懂——我不小心把事情搞砸了。我輸了某個賭局(遊戲)，導致重要的人被奪走，順帶連這世界都要落入別人魔掌了。所以才會很沮喪，就這樣。」

「嗯。嗯……嗯？咦？咦、咦咦咦咦咦？」

雪菜愣了一會兒，接著就瞪大眼睛用盡全力叫了起來。

「這、這是怎樣，聽起來超嚴重的啦！阿凪，你在這種地方哭沒關係嗎？」

「亂講，我又沒有哭。」

「還頂嘴，笨蛋阿凪，現在那種事又無所謂！阿凪……那個阿凪！基本上都在裝酷擺架子營造頹廢風格的那個阿凪，竟然也會用『重要的人』這樣的字眼了！」

「…………重點是這個啊？」

「當然是這個呀！雖然世界會如何也很令人在意就是了……話說回來，再怎樣你的說明也省略掉太多了吧！世界可不是『耶嘿，太大意了♪』就會落入別人魔掌啊！」

「哎，確實沒錯……是說，妳對『世界落入別人魔掌』這件事沒有抱持懷疑呢。」

「咦？畢竟是你說的嘛……而且如果是其他人就算了，阿凪這麼消沉的話，可見是很不得了的事情，至少要具備那種程度的衝擊性才行。」

「…………」

雪菜控制著指尖的力道，一邊揉捏我的左手，一邊這麼說著。總覺得這種理解方式有點奇怪……不過，這也省去了不少麻煩。

「所以——阿凪，然後呢？」

當我臉色複雜地沉默不語時，旁邊的雪菜忽然偏過頭說了這句話。

「咦？……什麼然後？」

「哎呀，就是剛才的話題嘛。不管是重要的人還是世界落入別人魔掌，你省略掉太多細節了，我什麼都不曉得。我會認真聽的，你就好好解釋一遍吧。」

「哦……那個啊。」

雪菜那張端正的臉蛋猛地湊過來，而我則稍微移開視線，輕輕搔了搔臉頰。在我心中翻騰的情緒……一言以蔽之，就是「躊躇」。

——事實上，「我還沒有將春風和鈴夏的真實身分告訴雪菜」。

關於春風的部分，我只有在她剛轉學的時候簡單介紹過而已，至於鈴夏的話，雪菜大概是理解成ＶＲ類型的新手機軟體吧。我實在不希望雪菜和斯費爾扯上關係，一直以來都「避免兩者之間有交集」。

只不過……之前的事情都是在遊戲中就能解決，如今光是稍微波及到遊戲外，就演變成到處都發生異狀的情況。儘管我的確不樂意告訴雪菜這些事，但事情都來到這步田地，就算搪塞過去也沒用。

因此，我清了清喉嚨，重新回視那雙褐色的眼眸。

「……那麼，從事情的一開始概略來說的話──」

「哦……原來是這樣呀……那個，老實說，這件事牽涉的範圍太大了，我不知道該做什麼反應才好……嗯，真是辛苦你了，阿凪。」

我大致說明了一下EUC的概要、星乃宮織姬的野心、魔術師斯費爾的內幕，再加上春風和鈴夏的「真實身分」之後，雪菜點了點頭，回了這樣一句話。接著，她用沒有牽住我的另一隻手輕輕朝我的頭伸來，帶著笑容梳著我的頭髮。

「好乖好乖，真是好孩子。」

「…………妳是不是喜歡上摸頭了啊？」

「啊哈哈，嗯，可能喔，莫名令人上癮呢……不過，你其實也沒那麼抗拒吧？嘻嘻，你看看你，嘴巴從剛才起就微微上揚著。」

「唔……竟然注意到這種小細節，青梅竹馬還真是麻煩啊。放、放開啦。」

她一指出這件事，我登時感到難為情，便一邊發著牢騷，一邊試圖甩掉頭上的手。然而，精

神上和姿勢上都是她占上風，導致我遲遲無法順利掙脫，只能手忙腳亂地徒做掙扎。

當我在抵抗之際——她忽然朝我湊近，眼神認真地凝視著我的眼睛。

「所以說，阿凪的『重要的人』指的是春風她們嗎？」

「唔……」

不知為何有股羞恥感，我瞬間支吾了起來。

「——是、是誰都無所謂吧。」

「我又沒說不行，這是你的自由嘛……可、可是……曖，阿凪，我可以問一個問題嗎？就是，所謂的『重要』是——」

「……嗯？」

「啊，呃……沒事！還是算了吧，總覺得這樣問太賊了。」

「啥……？什麼意思啊？」

我實在搞不懂這段對話的重點在哪。儘管我滿在意雪菜中途打住的問題，但也沒有逼問的必要。

「……總之，妳應該了解情況了吧？星乃宮織姬那傢伙搶走了春風和鈴夏，導致遊戲世界開始擴大了。所有在範圍內的人都會被強制登入遊戲，現在的現實世界幾乎完全『陷入了沉睡之中』。」

「所以大家的意識都掉進遊戲裡面了，沒錯吧？我有去外面看一下，每個人確實都像是睡著了，嗯，到這裡為止我懂了。I understand。」

「但這樣不就『很奇怪』了嗎……『為什麼妳留了下來』？照理說，範圍內的所有人無一例外都會被拉進去那邊，怎麼妳就沒事？」

「……唔？」

聽到我的問題，雪菜不知為何一臉疑惑地偏過頭。

「沒呀，你說無一例外……但阿凪你自己也在，不是嗎？不能說只有我一人吧。」

「咦？……哦，抱歉，妳說的沒錯，我的確是例外。聽說我的身體受到了Enigma代碼的影響，先不論EUC怎樣，我本來就沒辦法登入斯費爾的地下遊戲。」

「Enigma代碼……Enigma……呃，雖然我不太懂，但總之就是你比較特別吧……奇怪，那我呢？為、為什麼我留下來了？」

「這就是我要問的啊……真是的。」

看到雪菜在幾瞬過後揮舞手腳慌了起來，我不禁垂下了肩膀……不過仔細一想，她會有這樣的反應也是情有可原。這種事情本來就既複雜又莫名其妙，雪菜只得知概要而已，要強迫她完全理解未免太欺負人。

因此，我將空著的右手放到後頸上，自己開始思索。

首先——作為大前提，在ＥＵＣ範圍內的所有人應該都會被強制登入遊戲世界，否則星乃宮征服世界的構想就失去了意義。

再來，如同我剛才向雪菜說明的，我之所以沒有被拉進遊戲世界，完全是受到Enigma代碼的影響。我的身體深受代碼侵蝕，在代碼所具備的「防拷」機制之下，同樣不能創造出分身（虛擬形象）。

所以我沒辦法參加遊戲，被留在這個世界——慢著，咦？

「…………」

難怪……用不著把這件事想得太複雜。如果說除了Enigma代碼之外，不存在「例外」的話，當然最先想到的就會是「雪菜在某個地方接觸到代碼」的可能性。

而且，「這絕對不是毫無道理的妄想」。

——對，就是這樣。沒錯，回想一下吧。

我還是國中生的時候，第一次參加了地下遊戲。在精神支離破碎的情況下奪得勝利的我，許下「救回瀕死的雪菜」這個願望作為報酬——而身為ＧＭ的天道「完美地將其實現」了，不是嗎？僅僅在一週之內，便不留痕跡地完美實現了。

現代醫療不可能做到這種事。

既然如此，天道是怎麼做到的呢？只有一個可能——他「使用了Enigma代碼」。

「是啊……我怎麼會沒想到呢？」

當然，「復活」的詳細過程我並不清楚，但至少有一件事已獲得證實，那就是只要結合天道的才能和Enigma代碼，就能實現「讓春風出現在現實世界」這等程度的奇蹟。就算他做得到類似復活的治療技術，也沒有什麼好奇怪的吧。

這樣一來，我就可以理解了。雪菜過去之所以毫髮無傷地得救，而且現在能夠不受強制登入影響，留在現實當中，全都是因為有Enigma代碼的干涉。

不過——不過，等一下。

「不只如此而已。這件事沒有那麼簡單」。

「慢著……慢著、慢著、慢著！……騙人的吧？這是真的嗎……？」

「阿、阿凪？嗳，你還好吧？從剛才開始臉色就很糟耶。」

「嗯……或許是成立的。『或許是有關連的』……！」

與其說是在回答雪菜的問題，倒不如說更像是在說服自己一般，又或者是不肯放過即將掌握住的解答，我將腦中的念頭直接吐露出來。我知道自己的心臟正咚咚地大肆跳動著。一個小時前才徹底冷卻下來的腦內迴路，如今彷彿要扯裂一般發出了低鳴。

——天道白夜為了醫治雪菜的傷勢而動用了Enigma代碼。

稍微換個說法，就是「天道在雪菜體內『植入』了Enigma代碼」。也就是說，雪菜「持有」代碼，而且不只是像我一樣從外部受影響，她的Enigma代碼是維持生命的必備機制。

那麼……既然如此呢？情報早已齊全，一路連結到了最後的結論。

「……！」

我盡力平復逐漸紊亂的呼吸，緩緩將右手伸進「褲子的口袋裡」。緊接著，顫抖的指尖傳來某種堅硬的觸感。我原本下定決心絕不使用的「那個東西」，伴隨著某種完全不同於先前的意義，迅速地抓在了我手中。

「……原來，是這樣啊……」

我勉勉強強擠出聲音，半帶哭泣地裝出難看的笑容。接著，我用袖子粗魯地抹掉眼淚，將拿出來的「那個東西」——「終端裝置」硬塞給雪菜。

「咦？……這、這是什麼？」

「別管了，我之後再跟妳解釋，妳先把這東西戴在左手腕上看看。」

「呃，好……我知道了。那我就戴在左手吧——啊，好驚人喔，『一戴上去，類似寶石的東西就突然變藍了耶』。噯，阿凪，這是——阿凪？」

「……藍色？這真的是藍色沒錯吧？應該不是我看錯吧？」

「沒呀沒呀，誰會看錯這種東西啦。絕對是藍色，除了藍色沒其他可能了。」

雪菜向我展示手腕上的終端裝置，連說了好幾次「藍色」。姑且不談她看似不滿地鼓起臉頰的表情，終端裝置附帶的寶石確實是藍色，「不是紅色」。

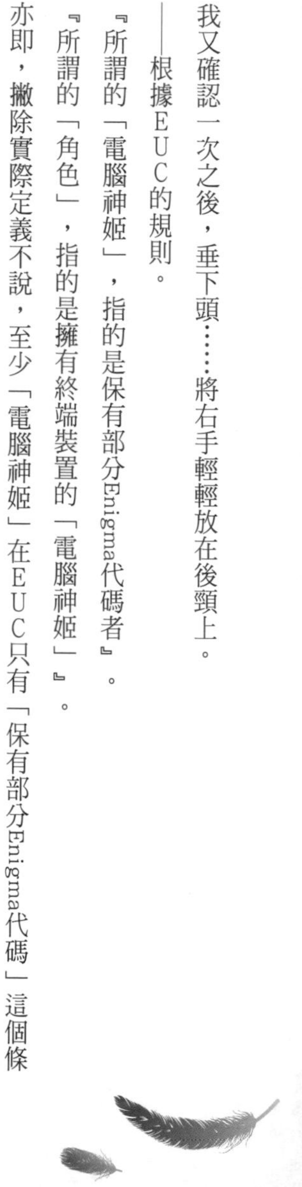

我又確認一次之後，垂下頭……將右手輕輕放在後頸上。

——根據EUC的規則。

『所謂的「電腦神姬」，指的是保有部分Enigma代碼者』。

『所謂的「角色」，指的是擁有終端裝置的「電腦神姬」』。

亦即，撇除實際定義不說，至少「電腦神姬」在EUC只有「保有部分Enigma代碼」這個條件而已。其他情報皆不納入考量，連AI等等背景都不包含在定義中。

既然如此，「佐佐原雪菜應該滿足了『電腦神姬』以及『角色』的必要條件」。

不同於斯費爾製作的五名電腦神姬——她可以成為「夢幻第六人」。

對，錯不了的……這是勝機(Chance)。

畢竟，「遊戲還沒有結束」。EUC的勝利條件是「讓所有的『角色』加入自身陣營」，既然身為「第六名角色」的雪菜在我的陣營中，「星乃宮織姬就還沒有達成勝利條件」。這是那個天才犯下的第一個失誤，模糊的定義造成她「沒有成功擊敗我」。

我還有籌碼可以一搏。

那麼，我當然不會錯失這個機會。能夠繼續進行遊戲這件事，代表我有奪回春風、奪回鈴夏

的希望。對於一度跌落谷底的我而言，這是「貨真價實的最後機會」。

——不過。

「阿、阿凪……？」

如果要付諸實行的話——接下來雪菜也會深受牽連。

不……不，其實我很清楚。要是不這麼做，世界就會被奪走，因此現在不是躊躇的時候，這一點我當然知道。

只不過就算這樣，我還是沒辦法立刻做決定……如果說，春風和鈴夏對我來說是「特別的存在」，雪菜就是我的「日常」。我實在不願意讓她接觸到非日常(斯費爾)。暫且不論理性，情感的部分在阻撓我下決定。

所以，我背過身去，打算好好思索一番——就在這一瞬間。

輕微的重量輕輕挨到了我背上。

「沒關係，告訴我吧……阿凪，你想到什麼了，對吧？」

「……雪菜。不是的，我——」

「不行，這次我不退讓喔，我不會就此罷休的……『你別想搪塞過去』。」

說完，雪菜就維持著腦袋倚在我肩胛骨上的姿勢，將包覆著睡衣的雙臂繞到我身前。她就這樣用力收緊雙臂，讓整個上半身緊貼過來。

「告訴你喔，阿凪。雖然已經說過好幾次了……但我們可是青梅竹馬耶。我不想坐視你用那種表情陷入煩惱。讓我幫幫你吧，我也要參與其中。」

「……我的表情有那麼難看嗎？」

「啊哈哈。嗯，很難看喲，我沒看過你露出那種表情。不過……可能只是我沒機會看到而已，你一直都是這樣努力過來的吧。」

「……！」

那溫柔又帶點悲傷的嗓音和緩地鼓動我的耳膜……就某方面而言，這是我最不想從雪菜口中聽到的一句話。畢竟一旦被她發現了，她絕對會傾力幫助我。我的青梅竹馬就是個超級雞婆的人，就算我不願意，她也會毫不介意地伸出援手。

「我老是受到你幫助，老是被你推得遠遠的，但我也很想……我也很想幫上你的忙呀，想站在你的身邊。我很高興你這樣為我著想，可是你在擔心她們吧？想要早點去救春風她們吧？是的話，你就別再猶豫了。」

而我——我一定沒辦法甩掉她的手。

「更、更何況……反正只剩我們兩個了………呃，那個，我沒有其他意思喔！就、就是說，雖然阿凪你總是把我當笨蛋，但比起一個人，不如讓我陪著你更好吧？」

「………………笨蛋雪菜。」

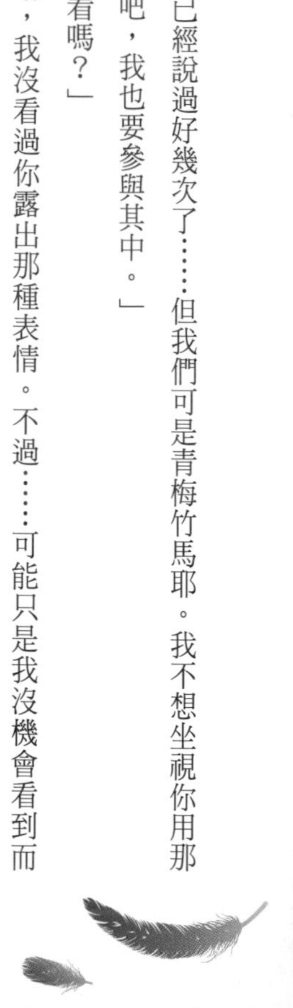

「啥？」

面對那夾帶恬和笑意的問題，我回以這句話的瞬間，背部就「咚！」地被猛推了一下。我順勢從床上站起來，硬是將因為各種情感而亂成一團的表情轉變成笑容。

接著，我轉頭看嘛著嘴的雪菜。

「幹嘛突然推我啦？很危險耶。」

「還、還不是因為你罵我笨蛋！為什麼啊？剛才的氣氛不適合說這種話吧？」

「氣氛適不適合不是重點，我只是就事論事啊。妳這傢伙，說什麼『比起一個人，不如讓我陪著你更好吧？』……唉。」

「唔……阿凪，你該不會是覺得我只會給你添麻煩，所以寧願一個人吧——」

「我才不會講這種話咧……倒不如說，應該要顛倒過來。」

「……顛倒過來？」

我從一臉疑惑地偏過頭的雪菜身上移開視線，稍微清了清喉嚨。結果，雪菜大概是從我的舉動察覺到我想表達的意思，那雙眼眸開始出現「期待」的光采……我已經覺得難為情，自己都知道臉紅起來了。

但是——要是不把話講清楚，可能一步也無法向前邁進。

「是因為『妳講的是非常理所當然的事情』，我才會說妳是笨蛋。

……沒錯，我確實是打算把很多事情都瞞著不告訴妳，也有刻意疏遠妳，或是找藉口掩飾搪塞。而我到現在還是認為本來就該如此。

不過——既然事情發展到這一步，那就要另當別論了。妳想幫忙？這是當然的，我一定會要妳幫忙；妳想站在我身邊？這是當然的，『沒有妳根本開始不了』。聽著，雪菜，我已經做好心理準備了。我不會停在這種地方，我要掙扎到最後一刻，直到奪回春風和鈴夏，順便拯救這個世界。

……所以，妳也跟我一起來吧。妳要負起讓我動了這個念頭的責任。

我會證明給妳看——『我們絕對不會輸給斯費爾的高層』。」

我一口氣說完這些之後，站著往前伸出了右手。

至於雪菜本人，她看著我沉默了一會兒——但最後還是「嗯！」地點點頭，並握住我的手。

我在手上稍加使力，輕易地將雪菜拉了起來。她踉蹌一兩步後，彷彿要撲進我懷裡似的靜止下來，臉頰泛起淡淡的紅暈。

於是，我們在此組成了以扭轉ＥＵＣ勝負為目標的反擊戰線——

「……呵呵！不過呢，阿凪你在講那種帥氣台詞的時候有點有趣呢。整張臉紅得要命，到頭來還是在耍傲嬌，真要說的話……算是可愛嗎？」

「唔……妳、妳到底是我的夥伴還是敵人啊，給我講清楚喔！」

——這雖然是件好事。

但我還是要借這個場合說一句話，那就是我所期望的冷酷&嚴肅的氛圍在一瞬間煙消雲散了。

『ＥＵＣ第四天結束時，中途情況。』

『「角色」所屬狀況。』

『「垂水夕凪」——「疑似電腦神姬特殊個體『雪菜』」。』

『「星乃宮織姬」——電腦神姬一號機「秋櫻」、二號機「鈴夏」、五號機「春風」。』

『各種「追加規則」。』

『時間限制規則／範圍限制規則／協力者規則／隱密模式刪除規則。』

『鬼的輪替制規則／通訊限制規則／注目度規則／身體能力值加總規則。』

『狀況：重啟攻略。』

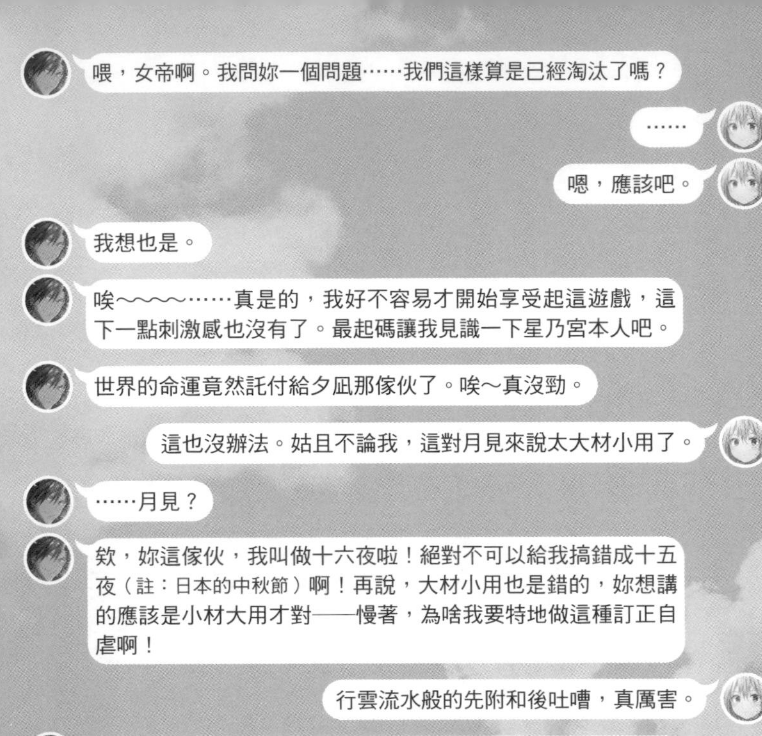

喂，女帝啊。我問妳一個問題……我們這樣算是已經淘汰了嗎？

……

嗯，應該吧。

我想也是。

唉～～～～……真是的，我好不容易才開始享受起這遊戲，這下一點刺激感也沒有了。最起碼讓我見識一下星乃宮本人吧。

世界的命運竟然託付給夕凪那傢伙了。唉～真沒勁。

這也沒辦法。姑且不論我，這對月見來說太大材小用了。

……月見？

欸，妳這傢伙，我叫做十六夜啦！絕對不可以給我搞錯成十五夜（註：日本的中秋節）啊！再說，大材小用也是錯的，妳想講的應該是小材大用才對——慢著，為啥我要特地做這種訂正自虐啊！

行雲流水般的先附和後吐嘈，真厲害。

才不是咧，臭婆娘……呿，算了。總之我就是憋著一口氣無處宣洩啦。

喂，女帝，妳現在人在學校裡吧？

1、1、9……喂？有個惡質跟蹤狂掌握到我的所在位置了。快點快點，不然我有危險了。

呃，妳要報警的話，應該是打110吧——等等，就說妳這種耍笨方式未免太隨便了！

我要說的不是那種事情啦……帶我去遊樂場吧，就在那一決勝負如何？妳就等著哭吧。

呵……敢對我發出挑戰還真是囂張啊，簡直可笑至極。

贏的人請客的話，我接受你的挑戰也無妨。

——哈！

講這種話，等下後悔了我可不管啊————！

第四章 在絕望的前方

CROSS CONNECT

＃

再次找星乃宮對峙之前，先稍微複習一下情況吧。

確定雪菜被視為「第六名」電腦神姬之後，即代表EUC的勝利條件還沒有滿足。沒錯，遊戲並沒有結束。畢竟要被認定為贏家的話，必須奪走對手的「所有」電腦神姬。

也就是說，「至少」我得到了繼續進行遊戲的權利……不過，我處於劣勢這一點依然不變。失去了春風和鈴夏，我制定的規則也跟著全部消失，而星乃宮那邊沒有失去任何電腦神姬，理所當然占上風。

——話雖如此。

實際上，我接下來「幾乎」不可能被逼到絕境。

這是充分活用了雪菜的「特殊性」。「身為例外的她，雖然是一般人類，但也能夠被定義為電腦神姬」，而她現在當然也「待在現實世界中」。就算星乃宮織姬是多厲害的天才，覺醒模式的秋櫻再難對付，遊戲世界的電腦神姬都不可能「捕獲」雪菜。

因此，趁這個時候。

在星乃宮設定有效的追加規則來突破這層「障壁」之前。

「剛才在我腦中一閃而過的『靈感』能夠在實用階段發揮到什麼地步」——這大概會成為EUC勝負的關鍵吧。

「……我就坦白說吧，我很驚訝。」

EUC開始後的第六天，現在剛過下午三點不久。

星乃宮來到從前天起就沒有人的教室，開口就說了這句話。

第六天——沒錯，今天是遊戲開始後的第六天。第四天的實質結束時間相當晚，再加上我花了一段時間才重新振作起來（並不是因為我一直纏著雪菜哭的緣故），所以跳過了第五天，直接邁入第六天。

既然「時間限制規則」已經失效了，天數的劃分也只具備「恢復制定追加規則的機會」這個意義而已……先不管這個了。

星乃宮瞪著我，表情比我想像中還要不滿。

「不過，我確實覺得情況不太對勁。雖然EUC的規模有多大，處理系統就有多複雜，但不

可能跨日還處理不完區區一個勝負判定。於是，我今天早上用管理者權限連進本公司的電腦——這才識破了你設下的詭計……沒想到，你真的找到了『第六具』。」

「也不是我設下的啦……但能合妳的意是我的光榮。」

「合我的意？……你究竟在開什麼玩笑？無論是基於原則還是例外，我都不樂見計畫被打亂。說實話，我覺得和你見面的這段時間很沒有意義，還要再進行一次早就確定的勝負也讓我非常煩躁。從昨天到今天，我的壓力指數是以兩位數在增長的。」

「……我不過是挑釁了一下，妳也回嗆太多句了吧。」

星乃宮的雙臂略為交叉在胸下，用淡淡的語氣數落了我一番。

她輕嘆一口氣後，背靠在黑板旁邊的牆上，接著靜靜地搖了搖頭。

「不管怎樣，這都是出乎我意料的事態，我也沒有聽說過第六具的存在。」

「我知道啊。畢竟雪菜是在『最初期』的地下遊戲被植入代碼的。妳明確說過自己跟那次的遊戲無關，更何況，如果妳對第六人的出現有一點疑慮的話，就不會做出那種挑釁了吧？這證明天道什麼也沒有告訴妳。」

「你說的完全沒錯，但你那種好像什麼都懂的語氣，比起讚賞，我更覺得火大。要不要乾脆讓你物理性地閉上嘴呢？」

「咦？」

「開玩笑的……不過，我真的是誤判了。我一直認為，假設你有逆轉的可能性，那也只能藉由『互換身體』來達成。正因如此，我才會預先對二號機和五號機加上『禁止登出』的設定（代碼）。」

「防止我有任何互換身體的可能嗎……是說，奇怪，那秋櫻呢？」

「秋櫻從一開始就具有拒絕被你侵入的設定。這還用說嗎？要是允許和你互換身體的話，哪裡還有EUC的存在。」

「哦……對，也是，確實如此。」

她回話的速度有些急迫，而且字句明顯帶刺，我不由得移開了視線……看來她是相當不耐煩。不過，對於把EUC當作一種作業過程的她而言，大概怎麼樣也無法接受自己的步調被打亂吧。

這時——星乃宮織姬的旁邊，傳出了「嘻嘻！」這道似乎感到很滑稽的輕笑聲。

「我勸你還是停止吧。雖然織姬大人心情不好的模樣非常罕見，連我都沒怎麼看過，但就算看到了，我也不會想主動搭話。稀有度這種東西，可不是愈高就愈好喲。」

「……不是啊，我又沒有特地討罵的意思。」

我一邊循著聲音看過去，一邊這麼答道。

站在那裡的，當然是瑠璃學姊。不同於前天，她把上衣的兜帽拉到眼睛，嘴巴啣著熟悉的棒棒糖，正是「一如既往」的模樣……簡直就像是她打從一開始就知道我會回來似的。

我不禁張開了嘴巴。

「學姊妳……那個，『妳預測到了哪一步』？」

「嗯？你是指什麼事呢？」

「問我什麼事……不，沒有……好吧，還是算了。」

學姊帶著有些調皮的笑容反問回來，我則苦笑著撤回了疑問。仔細一想，問這種問題未免太不識趣了。

現在更要緊的是，應該稍加思索一下如何攻略EUC。

「……對了。學姊，今天的規則制定是誰先？」

「嗯？哦，今天的先手是織姬大人，你是後手。本來的話，昨天是輪到你擔任先手，但很可惜的是，這樣就當作是你跳過了那輪的規則制定權。」

「這樣啊。那星乃宮——」

「我也沒有制定規則啊，因為在昨天那個時間點，我以為遊戲已經結束了。」

星乃宮用挑釁般的口吻低聲說道……儘管我有點不爽，但那天之後規則沒有再增加是一大好消息。我就心胸寬厚地原諒她吧。

「所以呢？妳今天打算制定什麼規則，星乃宮？」

「…………這個嘛。」

我有些虛張聲勢地詢問她，而她則略為皺起眉頭。

「最為棘手的，還是『第六具在現實世界』這一點吧。她在遊戲裡就算了，在現實(這邊)的話，我沒辦法輕易改變她的陣營。」

「對啊，畢竟秋櫻在遊戲(另一邊)世界嘛……不過，春風呢？她可以暫時登出，使用現實的身體吧。」

「不，這是行不通的。就算把『角色』召喚到現實世界，她在這邊的身體也沒有終端裝置，沒辦法進行『捕獲』。再加上……五號機似乎特別仰慕你，她根本不會聽從我的命令吧。」

「……哦？」

依星乃宮的本領，這明明不是毫無辦法的事情，但看來她不會做出逼迫或洗腦的舉動——我腦中浮現了這樣的想法，但先別管吧。

「所以，妳要放棄比賽，把勝利讓給我嗎？」

「你這個人真的是很愛耍嘴皮子呢……那麼，就這樣吧。

為了捕捉現實世界的電腦神姬，我的因應計策是制定『終端裝置攜帶規則』。內容如下——

『每個「玩家」都會得到「終端裝置」。各種模式的效果及寶玉的顏色等設計以基礎規則為準，惟現實世界所無法進行的內容不在此限』——形式上就是這樣。」

「……呃，具體來說，現實世界所無法進行的內容是什麼？」

「就是『生成』、『加速』以及『隱密』。在設計上，這些都是只能在遊戲內才能實現的功能。反過來說，『只能鎖定終端裝置的位置』的『探查』和『只能改變對手的寶玉顏色』的『捕獲』，要在現實世界使用是沒問題的。」

「……這樣啊。」

簡單來說，我和星乃宮也可以和春風她們一樣裝備「終端裝置」。雖然聽起來並沒有開放所有的功能，但至少「星乃宮接觸雪菜，直接進行『捕獲』」這條取勝之道（路線）已然成立。

只不過……實際上，這個規則沒有前幾個那麼棘手，這一點也是真的。姑且不論覺醒模式的秋櫻，星乃宮是人類，就算被她追上也不會造成多大的威脅吧。

——這樣來看，應該可以再「拖延」一陣子。

在內心如此肯定後，我也說出預先想好的追加規則。

「那麼，我要制定的是『鬼的時間限制規則』。內容是『無論現實世界／遊戲世界，一天之中能夠使用「捕獲」模式的只有制定規則後的三個小時內』這樣……簡單來說，就是恢復原本的『一小時半的間隔』。其實我更想要『時間限制規則』啦，但似乎不能制定失效中的規則。」

「的確就像你說的……不過，時間限制？你搞出了如此盛大的復活劇，等到遊戲真的開始後，卻只有拖延敗北的時間這一招嗎？」

「誰曉得呢？妳要這麼認為的話也可以啊。」

我微微勾起嘴角，挑釁了回去……但我確實是有「爭取時間」的意思。雖然我已經掌握住取得勝利的大概方向，然而要實際執行的話，還需要一點時間。現在不是時候，「現在有點太早了」。

「…………」

總而言之，兩個規則都順利地得到了學姊的認可——一度儼然落幕的ＥＵＣ，靜靜地揭開了重啟遊戲的戰幕。

＃

「所以說，準備逃亡了，雪菜。趕緊換衣服吧。」

「——咦？」

制定完追加規則之後沒多久。

我一從學姊那邊得到「終端裝置」，便立刻衝出教室直接跑回雪菜家，連門也沒敲地打開了房門。在裡面發呆的雪菜發出變調的聲音，但我不理會她，在衣櫥隨便找了件衣服丟在床上。

見狀，雪菜抓住了我的手臂。

「欸，你、你你你要幹嘛啦，阿凪？」

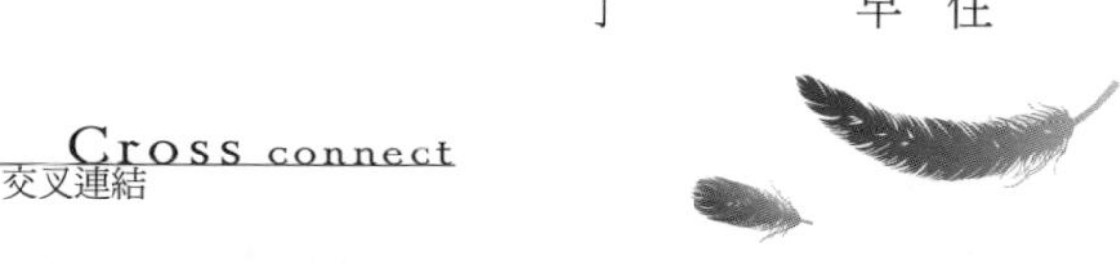

「還問，就叫妳換衣服了。星乃宮馬上就會追來，必須在那之前逃到別的地方。雖然現在還是我們當『鬼』的時間……但還是謹慎再謹慎為妙。我們要出去三個小時，所以才會要妳換衣服。」

「這、這樣喔……也對也對，就是你昨天提過的遊戲嘛。我、我知道了，我這就換。」

「拜託妳了。」

「嗯……嗯？呃，我現在要在這裡換衣服喔……？」

「？對啊，所以妳趕快——」

「這、這是要我怎麼換啦！你打算在那裡站到什麼時候啊，笨蛋阿瓜！就算你對漂亮青梅竹馬的身體再怎麼感興趣，也不能直接看人家換衣服啊！我可是要收費的！」

「呃，哇啊？」

穿著睡衣的雪菜滿面通紅，用力推著我的背，把我一路推到房外。然後，她帶著氣噗噗的表情用雙手粗魯地關上了門。

「…………？」

真奇怪。由於我們是青梅竹馬的緣故，雪菜平常不太在意這種事情。也可以說正因如此，我剛剛才會催她快點換衣服（順便補充，我只是拚命忽略不去想而已，「其實我會在意這種事情，所以臉已經有點發燙了」）……唔嗯。

「太謎了……」

我實在搞不懂所謂的少女情懷。

——我和雪菜走在所有人都陷入沉眠的街道上。

「總覺得……雖然這樣講不太妥當，但這個景象好驚人喔。」

雪菜的臉埋在圍巾裡，呼著白氣說出自己的想法。

她口中的景象，當然是指眼前所見的「這個」。路燈和房屋無一絲亮光，呈現出萬籟俱寂的街景。所有人都被強制登入ＥＵＣ，失去意識而癱倒在地上，就是這般異樣的情景。

「不知道該說是寂寞還是可怕……為什麼那個叫做星乃宮的人要創造出這種世界呢？……大、大家應該都只是睡著而已吧，阿凪？」

「對，沒錯。只要我們贏了，他們就會回來。無論是那兩個傢伙，還是這裡所有人。」

「這、這樣呀。那……我們得加油才行呢。」

雪菜在我旁邊握緊拳頭，我則一邊點頭回應，一邊慢慢往前邁進。

現在快要下午六點——第六天的下半局也差不多要結束了。

我一開始是抱著「跑得愈遠愈好」的想法，不過並沒有發生什麼事。敵我雙方都不能使用「加速」模式，專挑巷子走就夠了。看來對星乃宮而言，「終端裝置攜帶規則」也還不夠完善。

「…………」

話雖如此……實際上，我這邊還是一樣處於劣勢。有效規則的數量、電腦神姬的人數，兩者都是對方遙遙領先。

唉，可惡。我明明非得奪回那兩人不可的——

「……嘻嘻！」

當我在思考這些事情時，旁邊的雪菜忽然開心地笑出了聲。

「妳……妳幹嘛啦？突然間笑什麼笑。」

「沒什麼～就是覺得阿凪果然是阿凪。雖然我有一點嫉妒……不過你這種地方真的跟以前一樣都沒有變耶。」

「不是啊，所以妳到底在講什麼——」

「我自說自說而已，不許再追問……啊，對了。阿凪，你把手伸出來一下？」

「……手？伸什麼手……呃，這樣嗎？」

「——嘿！」

我順從地從上衣的口袋中伸出雙手——瞬間，雪菜輕巧地轉身到我面前，緊緊抓住我的雙手，直往「自己的圍巾內側」深深地拉進去。

「？」

……從構圖上來說，我們彷彿幾乎零距離地擁抱著彼此。

這姿勢就像是我用雙手捧住她的臉龐……可能的話，感覺隨時都會接吻。

蓬軟的毛線與雪菜的體溫一點一滴地暖和起我凍僵的手掌，儘管明白這一點，我卻更加在意手指碰觸到圍巾下的脖頸、臉頰和耳朵的觸感，在意得不得了。

我無可避免地紅了臉頰。一看之下，雪菜也滿面通紅。

「咦？呃，等等……你、你別誤會喲！我沒有那個意思，只是看你好像很冷的樣子，才想說給你暖和一下……所、所以你不准害羞！不然連我也跟著害羞起來了啦！」

「…………我又沒在害羞。」

「明明就在害羞！超級害羞的！因為你根本不敢看我的眼睛！」

「〜〜〜！妳很煩耶！而且妳從剛才開始臉就靠得太近了啦！」

經她這麼一捉弄，我的臉紅得更快，回完這句話便立刻把心一橫，將雙手抽了出來。我一邊看了一眼鼓起臉頰有些不滿的雪菜，一邊將帶著微溫的雙手放回上衣口袋，順道在裡面開開合合了幾次。

……不過，寒意確實是削減了幾分的樣子。

「謝啦。」

於是，我們恢復一如往常的距離，重新開始緩慢的「逃亡行」。

#

「——唔～嗯……噯，阿凪，問你喔。」

在那之後又過了一天。EUC開始後第七天的下半局。

雪菜跟昨天一樣走在我身旁，她忽然一臉疑惑地朝我問道：

「你剛才不是制定了一個規則嗎？我想了好久……那究竟是什麼意思呀？」

「哦，妳問這個啊。唔……好吧，差不多可以告訴妳了。」

我確認過終端裝置的時間後，輕輕點了點頭……第七天就快結束了。儘管追加了「有點麻煩的規則」，今天應該還是可以平安逃到最後。

至於那個「有點麻煩的規則」——星乃宮第七天所制定的追加規則，用一句話來說就是「座標公開規則」。「所有『玩家』以及『角色』的所在地會一直顯示在終端裝置上」，簡直就是「即時追蹤功能」。

有了這個規則，「躲藏」等等行動都完全失去意義，導致我們在下半局幾乎是不斷地遭到星乃宮追殺……不過還是「想辦法逃走了」……不，我並沒有敷衍的意思啦。只是這座城市是我們很熟悉的地方，再加上現在正好有非常多「插著鑰匙的腳踏車」倒在地上……那個……嗯。

我之後會仔細清洗後奉還的，拜託現在就放過我吧。

「……咳咳。」

總之，ＥＵＣ第七天——正確來說是第七天「能夠使用『捕獲』模式的時間」——已經快要結束了。從藉由「座標公開規則」得知的星乃宮位置來看，應該可以斷定她接下來是不可能發動襲擊了。

如此判斷後，我停住腳步，再次轉過身面對雪菜。

「『「擴大」通訊限制規則』——妳在意的是這個吧？」

「嗯，對對對，就是擴大星乃宮小姐之前制定的規則，『徹底切斷遊戲世界和現實世界之間的通訊』之類的。可是，包含昨天和今天，我們現在幾乎都是在現實世界玩追逐戰呀，事到如今才禁止與遊戲世界的通訊……這有什麼意義嗎？」

雪菜呼著白氣，問了這樣的問題。

「擴大通訊限制規則」——更正，是「通訊斷絕規則」。其內容如同雪菜剛才所說，是「禁止現實世界和遊戲世界之間的通訊」。如此一來，就能阻止星乃宮和秋櫻聯手……但的確，這個規則是不太適合現狀。

「只不過」——

「那兩人哪怕只有一點點聯繫，對我來說都是個麻煩。我討厭秋櫻的功能有所調整，也不能

讓她又追加奇怪的設定，更何況『光是能夠對話就是一大問題』了。所以我想先做好這部分的預防措施。」

「光是能夠對話就是一大問題……為什麼？」

「當然是因為會妨礙到我的作戰計畫啊。」

「作、作戰計畫……？」

雪菜等著我的後續說明，而我則點了點頭，深吸一口氣。接著，我將右手放在後頸上，最後再一次「回想完全攻略EUC的勝利路徑」。

嗯……這樣就連結起來了吧。已經連結起來了吧。

為了突破星乃宮部署的絕望局面，我所擬定的「作戰計畫」是──

「──當然是『交換身體』了。」

我正面迎視張口結舌的雪菜，微微勾起了嘴角。

「……咦，這……咦？呃，那個……等、等一下，阿凪。」

雪菜似乎終於理解了我說的話，她揮舞著手腳，顯而易見地驚慌了起來。

「交換身體？但、但你不就是因為『沒辦法這麼做才感到很傷腦筋嗎』？你之前說春風和鈴夏都被對方奪走，所以不能再交換身體了。」

「嗯，我的確說過，而且這也沒有錯。」

「沒有錯……？可是，另一個女孩子也拒絕和你交換吧？那你不就沒有任何可以交換的對象嗎？」

「是啊，『這一點也沒有錯』。」

「……唔，唔嗯嗯？」

大概是愈聽愈不懂，雪菜停下追問，探頭看著我的眼睛。

嗯，的確……我現在確實完全沒有交換身體的途徑。星乃宮之前也說過，看來「這一點果然是地下遊戲中最大的異常」。由於隨時都有被翻盤的可能，她才會從一開始就斷了這條路。

——然而。

「『將至今以來得到的情報連結起來後，就可以顛覆這個情況』——聽好了，雪菜。

首先，我之所以只能透過『交換身體』來參加遊戲，是因為我有『Enigma代碼』。代碼的『防拷機制』導致我無法創造出虛擬形象，所以我一定要借用別人的身體。然後，那個交換身體的對象就是電腦神姬——同樣用代碼創造出來的超高性能ＡＩ……不過，現在誰也沒辦法跟我交換就是了。」

「呃，嗯。沒問題，到這裡我都聽得懂。」

「那就好。接下來是重點了……春風她們是禁止進行交換身體，但秋櫻不同，她只是排斥

『被我』干涉，是指定我為目標對象。這其中有明顯的『差異』存在。」

「……差異？」

「對，畢竟──『我面前不就有另一個受到代碼影響的人嗎』？」

「咦？…………咦、咦咦咦咦咦？」

──佐佐原雪菜。

沒錯，這就是我擬定的「祕策」的第一階段。單純看Enigma代碼這一點的話，「我和雪菜的處境幾乎一模一樣」。既然我沒辦法創造出虛擬形象，雪菜的虛擬形象應該也是如此。如果我一登入遊戲就會和電腦神姬交換身體，沒有道理相同的情況不會發生在雪菜身上。

換句話說。

「雪菜能夠和秋櫻交換身體」。

「呃，等……等一下，阿凪！」

雪菜應該是大致上了解我想表達的意思，只見她僵了一會兒後，又揚起嗓子這麼一喊，驚慌似的開始亂揮著雙手。

「現、現在？你要我立刻這麼做嗎？」

「對啊，雖然要『捕獲』秋櫻的話，規則其實還不夠完善……但我有必要先確認妳們兩個是不是真的能交換。」

「可是，萬一星乃宮因此產生戒備的話，不就白費了——」

「妳以為我制定『通訊斷絕規則』是為了什麼啊？」

當然是為了在星乃宮看不到的地方隨意操縱秋櫻啊。我現在對秋櫻做什麼都不用擔心會傳到星乃宮耳中……呵呵呵。

「阿、阿凪你有時候表情會變得很像反派呢……嗯，感覺會出現在電影裡。雖然一開始是同伴，但途中就會背叛，等到壞人那邊快輸的時候又翻臉不認人，有夠差勁的。」

「少囉嗦……倒是妳，我猜妳大概是覺得『交換身體』很可怕，才會試圖轉移話題吧，其實並不會痛，妳擔心的事情一件都不會發生啦。」

「唔……全都被你看穿了……不、不過，說的也是……嗯，沒問題！我是有一點緊張，但沒關係，我會忍耐的——所以呢，阿凪。」

「嗯？」

「……你、你要溫柔一點喔？」

「…………」

雖然在她抬眸小聲央求的時候這麼說不太好意思，但「這句話」不適合現在講。

我莫名害羞了起來，便將視線從雪菜臉上移開，然後從口袋裡拿出手機，塞進她的右手。接著，我把自己的手覆蓋上去用力握緊，快速地連按兩次電源鍵。

「…………『嗚呀』？」

瞬間，她的表情明顯變了。

雪菜（假定）像是穿越到了異世界似的眨了眨眼，戰戰兢兢地開始環視周遭。先是往右一看，再往左一看，最後一臉疑惑地往上一看——這時，她似乎終於察覺到我正抓著她的手腕。

「——垂、垂、垂垂垂……垂水夕凪！」

「嗨，這是我們第一次在現實世界見面吧，秋櫻？」

說完，我露出了賊笑，而秋櫻那雙眼睛睜得前所未有地大——

＃

「放、開、我、啦——————！夕、夕凪！我認為你這樣抓住女孩子的身體是很不好的行為！骯髒、變態、霸王硬上弓！」

「什麼變態……不是吧，我只是抓著妳的手而已啊。」

「手、手也不行！姊姊我可是知道的喔！就是像這樣從『牽牽手而已啦』一路強制進展到『可以摟肩嗎？』、『腰好細喔』、『妳身上好香』、『讓我抱一下』……！這樣很不好！我覺得不行！」

「妄想！從頭到尾全都是妳的妄想啦！」

「照理來說是這樣！」

「其實我——才不是咧！休想害我變得自暴自棄！」

「唔、唔唔……太遺憾了，我好不甘心。看來我堅守至今的純潔也到今天為止了……可、可是，就算身體被你玩弄，我也不會認輸！我獻給姊姊大人的心會永遠地——唔，嗚咕！」

「哎，真是受不了，妳差不多可以閉嘴了。」

毫無止境的爭論讓我開始感到厭煩，於是二話不休地將空著的那隻手摀住秋櫻嘴巴。微暖的吐息與觸感拂過掌心，但我「放空」腦袋，極力不去反應……畢竟這還是雪菜的身體。

「唔～！唔～！」

秋櫻沒注意到我的內心糾結，依然不斷亂揮著雙手。那柔軟的身軀用力壓到我身上，最後還一邊對我的手掌做出類似輕啃的攻擊，一邊試圖強行甩掉手上的束縛——結果她大跌了一跤，摔倒在地。

「啊嗚！好、好痛喔……！」

……看來就算交換了身體，「冒失少女屬性」還是能照常發揮。

我撓了撓後腦杓，朝秋櫻伸出手，一個使勁把她從地上拉起來。她眼中蓄著些許淚水，沉默地注視著我一會兒後，小聲說了一句話。

「……謝、謝謝你。」

「喔，不用謝，妳怎樣都無所謂，我是擔心雪菜的身體會受傷。」

「雪菜……？呃？」

「……嗯？啊，對了，妳不認識她吧。」

這就是所謂認知上的差異。要是因此無法溝通也會造成困擾，於是我在不洩漏內心盤算的情況下，僅概略地解釋「通訊斷絕規則」和雪菜引起的「交換身體」現象。

「哦～原來如此。」

聽完這些後，秋櫻老實地點了點頭。

「我還在想姊姊大人今天怎麼還沒聯絡我，原來是那個什麼規則導致的呀。」

「就是這麼回事。然後，剛才提到的雪菜就是跟妳交換身體的人。」

「嗯嗯、嗯嗯……等一下！雖然你講得很輕描淡寫，不過我現在該不會陷入巨大的危機之中了吧？你的同夥正在擅自使用我的身體嗎？」

「……唔～嗯，妳這樣一問，害我覺得自己好像在做壞事一樣。」

「才不是好像呢！你這個喪心病狂！啊，不過你剛才承認了！夕凪，你承認自己是壞人了吧？承認你要在遊戲裡亂搞我的身體，在現實世界則是折磨我的精神……姊、姊姊我已經快要哭了喔！」

「我說過不是了吧？妳這傢伙的想像力會不會太豐富了啊！」

「才沒有！這明明很正常！反正我就是不能相信壞人講的話啦！」

「……好，我知道了。那我就再告訴妳一件事——儘管我不曉得這樣能不能取得妳的信任，但我就坦承一件自己的真心話吧。」

「……你、你要說什麼？要是隨便找藉口搪塞的話，姊姊可是會生氣的喔！」

聽到我這麼說，秋櫻停住了動作。看來她還是願意聽我講。

「…………現在跟妳交換的那個叫做雪菜的傢伙，她對我來說，是相當『重要的人』，就像妳把星乃宮當作姊姊大人傾慕那樣……我的視線離不開她，或者說不想把視線從她身上移開。這些話我不會對她本人說，因為八成會被她拿來捉弄，但『在遇到春風她們之前，那傢伙在我心目中早就一直是「重要的人」了』，而現在只是那樣的對象增加罷了……總、總而言之，因為這樣，我不會傷害現在的妳，絕對不會。」

「唔、唔～……」

秋櫻低吟一聲，依然用懷疑的眼神注視我一會兒——但最後她喃喃說了一句「真是的，拿你沒辦法」並搖了搖頭；這次不是淡紫色的中長髮輕輕搖曳，而是我所熟悉的褐色髮絲。這樣看起來，她真的有幾分「姊姊」的感覺。

「既然你都說到這份上了，我就相——呃，哈哇啊？」

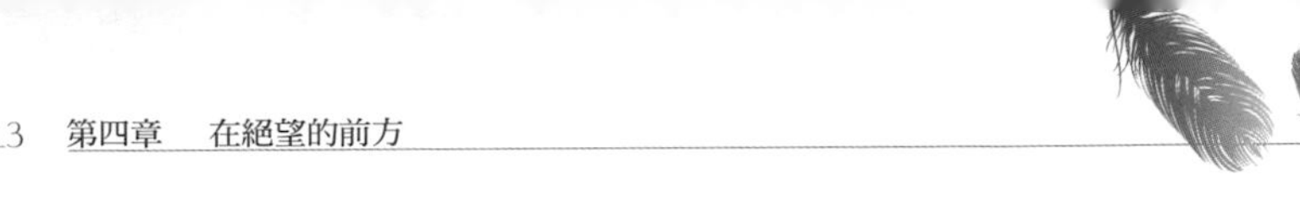

……不過，她隨即踩到掉下來的髮夾而跌倒，這已經是固定模式了。

我也沒多說什麼，伸手扶起她。

「嗚、嗚嗚……對不起喲，我這麼沒用，明明是姊姊的說。」

「……呃，不好意思，雖然妳從剛才開始就以姊姊自居，但我可不是妳的弟弟喔。如果是跟春風和鈴夏交換身體的時候就算了。」

「？啊，沒有啦，你別在意。所謂的姊姊呢，是一種概念，和實際上是不是姊姊沒有關係。當一個比誰都更像姊姊的姊姊，這是成為有姊姊風範的姊姊的第一步。」

不知不覺中，「姊姊」這兩個字漸漸脫離一般範疇了……之前春風說過「秋櫻小姐非常仰慕星乃宮小姐，所以她也想要當別人的『姊姊』」，照這情況看來，她的推測似乎沒有錯。

然而——這裡有一個疑點。我內心有一股非常龐大的異樣感。

「話說回來，秋櫻，妳『為什麼』會仰慕那傢伙啊？」

「咦？什、什麼為什麼……夕凪，你問這個幹嘛？」

「因為很奇怪啊……現在這時候就不談妳平常受到什麼樣的對待了，但那傢伙說過，為了實現自己的目的——為了『征服世界』，她需要所有的Enigma代碼。這代表……簡單來說，『她是不是要把植入妳們體內的部分代碼全部取出來』？」

——沒錯。

星乃宮織姬的「野心」，歸根究柢就是這樣。得到所有的電腦神姬，取出植入她們體內的部分Enigma代碼，然後拼湊起來恢復代碼的原型，「讓遊戲世界取代現實世界」。

因此——如果目的達成，所有電腦神姬都會失去Enigma代碼。

讓她們擁有能力和情感的不確定要素（Enigma）將被去除。

「這種事情……！」

……一旦變成這樣，電腦神姬就會完全喪失其特殊性吧。再也看不到春風那天真無邪的微笑，再也聽不到鈴夏那任性到極點的話語。

而且……秋櫻理應也會如此。

「難道妳覺得沒關係嗎——我先把話說在前頭，我可沒有慫恿或誘導的意思啊，只是擔心才問的，只是看不慣才問的。所以秋櫻，妳為什麼要聽命於星乃宮？那傢伙贏的話，『妳』可是會消失的啊……！」

「…………」

我說到一半就再也控制不住情緒，抿著嘴的秋櫻微微垂下了頭。她就這樣目不轉睛地盯著地面一陣子，像是在整理自己想說的話。

幾秒後，她緩緩抬起頭，臉上——帶著笑容。

「……『是的。就算這樣也沒關係。』」

「咦……什麼？」

「那個，雖然你應該已經知道了……畢竟，我是個冒失鬼嘛。儘管很努力，儘管拚盡了全力，但依舊沒什麼用……所以，我大概沒有幫到姊姊大人的忙吧。」

「……妳也沒必要把自己說成這樣吧。」

「唔耶？啊，不是的，你別擔心！我並沒有感到消沉喲。雖然很不甘心，但我笨手笨腳是不爭的事實啊。」

「…………」

「可是……就算如此，姊姊大人還是很溫柔，從來不會太過苛責我。其實她應該非常討厭派不上用場的我，卻完全不會表現出來……說真的，我有一點點不喜歡她這樣。」

「唔……她對妳一點期待都沒有的樣子，反倒讓妳覺得落寞了嗎？」

「嗯，沒錯，就是這樣……跟你說喔，我真的真～的很喜歡姊姊大人，很崇拜她。我想要成為像她那樣的人，也想要幫上她的忙。這可不是什麼洗腦喲，全都是我的自身意志。

一開始我的確有點怕她，也曾覺得自己可能跟她相處不來……可是，可是呢，姊姊大人利用我的力量創造出EUC（世界）的時候——我不小心哭了，各種心情都滿溢了出來，想著自己原來做得到這種創舉，想著『原來和這個人一起就能做得到這麼厲害的事情』。我感覺自己的一切都獲得了認可，心裡好高興。所以……」

「……所以？」

「哪怕是只有最後一刻，只要能為姊姊大人的『夢想』提供助力……嗯。我絕對『不會抗拒』。」

秋櫻斬釘截鐵地說完，露出了靦腆的笑容……她的表情混雜著各種不同的情緒。那是對自身未來的達觀，以及足以掩蓋這一點的龐大期盼與壯烈覺悟。

「……！」

——不知何時，我用力地握緊了與秋櫻的手重疊的左手。

既然秋櫻希望自己「這麼做」，身為外人的我也沒有著急發怒的權利。但是，該生氣的時候還是會生氣。或許是因為她偏偏是用雪菜的模樣講這種話，也或許不是。不管怎樣，我就是無法認同她那種自虐的未來藍圖。

畢竟……這樣一來，「無論誰贏，秋櫻都是唯一得不到回報的那個人」。

「——那、那個那個，夕凪？你從剛才開始會不會抓得有點太緊了……？」

「…………」

「啊，看來你是完全聽不進去了……真是的，夕凪你總是這麼任性妄為。貼得這麼近也太不知羞恥了……唔。但又出乎意料地溫柔……好睏……呼……」

我是有感覺到眼前的秋櫻似乎在說些什麼，但因為正在拚命動腦思考，所以我完全不曉得她

在說什麼。

我只是把右手放到後頸上思索著，潛入意識更深之處……

「……噯，阿凪，你沒有話要對我說嗎？」

當我回過神時，雪菜本人已經回來了。

眼前的——應該說「懷裡」的雪菜，又羞又氣地紅了臉，狠狠地瞪著我。不過……她會這樣也在情理中。畢竟好不容易從遊戲世界登出（脫離）了，結果現實這邊的身體卻被我架住了雙臂。

我跳開似的猛然抽回雙手，不管三七二十一先找藉口再說。

「沒、沒啦……雪菜妳別誤會。妳想想，要是被那傢伙逃掉不是會很麻煩嗎？」

「話是這麼說，但只要牽個手之類的就行了吧？你抱得超緊的耶。話說，秋櫻已經徹底放心下來，睡著了不是嗎？」

「那是——呃，單純是那傢伙太欠缺危機意識了吧？」

「……嗯，確實如此。」

「倚靠在敵人身上陷入沉睡」這種異常事態就這麼三言兩語帶過去，令我不由得覺得秋櫻很可憐，但這一切就是所謂的自己平時素行不良所導致的，她只能認命了。

「所以，既然妳成功登出了，我可以當作『作戰成功』了嗎？」

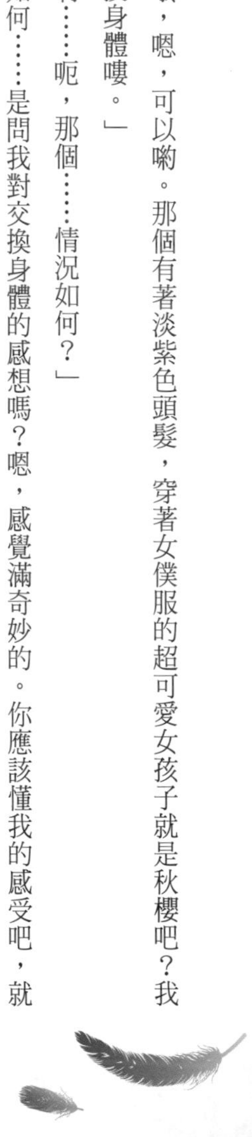

「咦？哦，嗯，可以喲。那個有著淡紫色頭髮，穿著女僕服的超可愛女孩子就是秋櫻吧？我確實跟她交換身體嘍。」

「這樣啊……呃，那個……情況如何？」

「情況如何……是問我對交換身體的感想嗎？嗯，感覺滿奇妙的。你應該懂我的感受吧，就像是在作一場非常真實的夢似的……啊，對了，我有個問題想問你。」

「嗯？問題？」

「沒錯。呃……跟你說喔，我和秋櫻交換身體後，一時太震驚就摸遍了自己身體。像是拍了拍臉啊，摸摸胸部和腳啊，還有偷窺衣服裡面之類的。」

「哦，我懂我懂，確實忍不住就會在意。」

「啊，果然嗎？果然你也這麼做了嗎？」

「那還用說——欸，等一下，雪菜……妳這樣套話不會太卑鄙了嗎？」

雪菜用極度犀利的誘導式問法，揭開了我的惡行。

她無奈地輕嘆一口氣，半瞇著眼冷冷地瞪著我。

「……不過，我可以理解啦。突然穿越到春風和鈴夏這種可愛的女孩子身上，雙手當然會蠢蠢欲動……唉，畢竟阿凪也是男生啊。」

「唔……不是，慢著慢著慢著，妳的理解方式也未免太不情願了吧？我只是稍微碰了一下，

就一下下而已，僅止於確認的程度。我對我的理智發誓，這絕對是真的！」

「是喔——……那就算了。」

儘管嘴上說得像是原諒了，她卻一臉不滿地撇開了臉。唔……雖說是不可抗力，但這次的爭論似乎是對方比較有理，看來之後只能靠哈○達斯幫忙了……

彷彿是要切換思緒似的小聲嘆氣後，我將右手輕輕放在後頸上。

「反正……總之，這樣就證明妳跟秋櫻可以交換身體了。目前沒有替代方案，能進行得這麼順利真是太好了。」

「……嗯，也對啦。」

我的感想明顯聽得出來是在「逃避」，而雪菜也一副拿我沒辦法的模樣，她收回質疑的眼神後，老老實實地說道。接著，她傾過頭問道：

「可是啊，阿凪，我剛剛想到一件事……現實世界和遊戲世界是完全分開的吧？既然如此，在那邊的秋櫻確實是抓不到我，『但你也拿她沒辦法不是嗎』？」

——從雪菜的角度來看，這是極其理所當然，甚至是「最根本的問題」。

星乃宮難以捉住雪菜，同樣的道理反過來看，我在ＥＵＣ內部沒有夥伴，沒辦法對敵方陣營的電腦神姬採取任何動作。就算能夠和秋櫻交換身體，這也無助於改善戰況。

然而——

「放心，『目前』這樣就夠了。」

「……目前？」

雪菜的眉頭皺得更緊，我則露出無所畏懼的笑。

沒錯——其實剛才在被秋櫻抱住的情況下思索時，我「想起了」某個情報。本來的話，那不僅只是無意間提起，而且還是近乎無意義的「閒聊」。但是，由於情況發生變化，「那件事」也產生了重大的意義。

以此為前提，仔細一想。

「『再兩個』——要奪回春風她們，通關ＥＵＣ的話，還必須追加『兩個』規則，無論哪個都絕對不可少。沒有備齊那兩個規則，就沒辦法徹底貫通到最後……不過，由我來制定會有相當程度的風險。」

「？什麼風險？」

「當然是會大大提高被星乃宮發現的機率啊。不管我制定哪個規則都會引起『懷疑』，可能在我說出口的瞬間就會被她察覺到了吧。」

「原、原來是這樣呀……可是，那要怎麼辦？雖然知道很危險，但你不能主動說出來的話，那不就永遠都制定不了嗎？」

「對。『所以，只能等了』。」

我說到這裡稍作停頓，深深吸了一口氣。

雪菜看似緊張地屏住呼吸，而我回視她的褐色眼眸……直截了當地如此斷定：

「——我想要的兩個規則，其中一個『讓星乃宮來制定』。」

「咦……讓星乃宮來制定？」

「沒錯，讓她制定……那傢伙應該也想要『那個規則』。倒不如說客觀來看，那樣做只對她的陣營有利而已。所以像這樣爭取時間的話，她之後就會因為著急而追加那個規則——我就是在等那一刻。如此一來，我只要自己制定另一個規則就好。」

「……呃，唔嗯？好像聽懂了，又好像沒有懂……？」

雪菜頭上冒出一堆問號，模稜兩可地點了點頭……不過，以現階段而言，她有這種程度的理解就足夠了吧。畢竟還不確定星乃宮的動向，現在就把一切交代清楚也沒有意義。

「但是……不管怎樣，馬上就是時候了。那傢伙也差不多要『展開行動』了。」

我一邊將右手放到後頸，一邊用祈禱般的口吻低聲說道。

「祈禱」這個說法聽起來或許有些誇張——但實際上，這就像是一種「賭局」。只剩下兩種分歧（路線）而已，星乃宮不是追加「我所期望的規則」，就是研擬出「超乎我預期的驚人規則」。

要不了多久，分出ＥＵＣ勝敗的「解答」就會揭曉。

#

「——哎呀，你們兩個，在這種世界也處得這麼融洽真是太好了。」

EUC開始後的第八天，我們按照以往時間來到教室，站在黑板前的瑠璃學姊立刻看著我的「旁邊」這麼說道。

「咦……？學、學姊？」

因為那難以形容的「幕後黑手的氛圍」而繃緊表情，不斷拉著我的手臂的，當然是雪菜……說起來，我先前只顧著講解EUC的概要和星乃宮的野心，沒有連同學姊的真實身分一併向雪菜說明。

「呃……她是斯費爾的成員。所以簡單來說，她是敵人。」

「——咦咦咦咦？」

聽到衝擊性的事實，雪菜發出了近乎尖叫的聲音。她的視線慌亂地游移一會兒，接著開始在胸前擺出笨拙的備戰姿勢（Fighting Pose），還發出莫名可愛的嘎嚕聲，那是她以往總會對姬百合發出的威嚇聲。

「……嘻嘻嘻！」

大概是這種情景戳中了學姊的笑點，她忍不住在兜帽下輕聲笑了起來。

「咦？等下，妳笑什麼……奇、奇怪？噯，阿凪，現在這場面不是很嚴肅嗎？」

「沒事沒事，妳的反應是正確的喔，沒有任何問題……對了，抱歉我之前沒能去探望妳。看到妳完全康復的模樣，我也放心了。」

「……？呃，是的，託妳的福……？」

「嘻嘻，妳別這麼提防我嘛。我是斯費爾的成員沒錯，隸屬的部門高層或許是你們的敵人……但是，我在EUC（這裡）是中立方喲，妳儘管放心吧。再者，想了解詳細情形的話，等事情告一段落再慢慢告訴你們。

所以現在呢——我們趕快來制定規則吧。」

學姊一邊在口中滾著糖果，一邊這麼說完，視線投向了「後方」。接著，神不知鬼不覺地抱胸站在那裡的星乃宮靜靜抬起頭，那雙彷彿從暗處浮現的伶俐眼神瞬間往雪菜看過去，雪菜本人則「呀嗚！」地叫了聲，身體陡然一跳，立刻躲到我背後。

星乃宮並沒有特別拘泥在雪菜身上，她重新將視線對著我，緩緩開口道：

「這是我們第一次正式打照面吧……那邊那位就是『特殊個體』嗎？」

「嗯，沒錯。因為到頭來還是要一起逃跑，比起把她留在家裡，不如一開始就會合還比較省事。反正上半局是我當鬼，不可能突然遇到什麼危險。」

「這樣啊。嗯，很好，我認為這是很聰明的判斷。即使是我，這兩天下來，『也得出了在現

實世界進行「捕獲」相當沒有效率的結論』。」

「……嗯？那──」

「不錯，就是這麼回事。」

她慢慢地點了點頭。

放棄在現實世界進行「捕獲」──換句話說，她就是要「改變手法」。「要透過不同於之前的方法來將我逼入絕境」，這是極具攻擊性的宣言。

既然如此，她接下來要制定的絕對不是單純爭取時間的規則。

而是清楚明瞭、無庸置疑、「完美無缺的『進攻』規則」。

「我──」

那麼，就是「現在」……現在是結局的最終分歧。儘管我做了一切想得到的事前準備，也擬定了對策，但萬一這時候錯失機會的話，我就完全「沒有退路」了。不知是否是心理作用，雪菜放在我背上的手似乎正在使勁。某個人倒吸一口氣的聲音清晰地傳入耳中。

然後，她以極慢的速度說出了那個規則。

「──申請『兩個世界之間的捕獲規則』作為第八天的追加規則。」

「──！」

……回過神來，我垂下了頭，表情大為扭曲。

聽到星乃宮說出來的規則以及其「內容」的瞬間，我便抑制不住全身的顫抖。我感覺自己頭昏腦脹，視野也晃動個不停。

「阿、阿凪……？」

我有聽到後面的雪菜擔心地這麼問著我。也許是我的模樣太奇怪，她便用雙手搖了搖我的身體……但儘管如此，我光是處理席捲而來的情緒就用盡了全力，無暇分神回應她。

我緩緩地、緩緩地轉動腦袋，往星乃宮——「不」，是往瑠璃學姊看了過去。

「……學姊。剛才的規則已經受理了嗎？應該不會駁回吧？」

「咦？呃，對，嗯。織姬大人是先手，當然會通過呀……？」

「這樣啊。那——『太好了，這樣我也不必再掩飾內心喜悅了』。」

我用像是擠出來的聲音直接將話挑明後，隨即猛然抬起頭來。浮現在我臉上的絕對不是絕望，而是扭曲到極點的笑容……嗯，想當然如此，這是極其自然的道理。「畢竟那個規則正是我想要的」。星乃宮織姬，那個絕頂天才，在最後一刻終於落到了與我對等的位置。

這樣一來，總算是——「連結起來了」。

我怎麼也無法一個人拼起來的碎片，藉山星乃宮之手完美地拼上去了。

「……？」

面對我露骨的變調，星乃宮也蹙起了眉頭。我朝她瞥了一眼，帶著邪惡的笑容制定「拿下勝

利所需的另一個規則」。

「那麼——我以後手的身分制定『情報公開規則』。『至今以來進行的，以及接下來進行的「制定規則時的對話」，全都會記錄在終端裝置作為對話紀錄。持有終端裝置的每一個人都可以瀏覽此紀錄』……就是這樣。」

「……這就是你的絕招嗎？」

不管怎麼看，「這個規則」都沒什麼致命性，於是星乃宮一臉疑惑地垂下視線，低聲這麼說道；然而另一方面，她盯著我的眼神依然銳利無比。比起規則內容如何，她或許是對我的語氣本身產生了警戒。

不過——這些都「已經太遲了」。

在星乃宮擔任先手而制定那樣的規則之際，她就犯下了致命的錯誤。

「這是絕招怎麼了嗎？哈！妳連這一點都搞不清楚的話，我可沒有輸給妳的道理啊。我就把之前那句話原封不動地還給妳——『對手太強了』。」

因此，我就這樣正面迎視她，堂堂正正地撂下狠話。

我盡可能地帶著挑釁的意味、嘲弄的意味勾起嘴角，並自顧自地輕聲說了一句話。

「——那麼，『就萬事拜託嘍』。」

「……咦？」

鈴夏小姐忽然怪叫了一聲，我嚇一跳抬起頭來。

午後的教室微暗，染上了晚霞的色彩。反射在窗戶玻璃上的橘光非常美麗，不過也帶給我一種揪心的感覺。不知為何，有一點痛。

——我來到這裡就快滿四天了。

至於「這裡」是哪裡，我也不太清楚。可以確定是ＦＵＣ裡的學校，但至少不是我和夕凪先生平常上課的那間教室。樓層應該也不一樣，我感覺不到周遭有人的氣息。

事實上，門和窗戶都打不開……是的，簡單來說，我和鈴夏小姐手牽手地「被關起來了」。

「……那、那個，春風？我剛才『咦』了一聲耶。我是故意要讓妳聽到的……為什麼妳不理我啊？」

「咦？——哇！」

在我重新確認情況的時候，鈴夏小姐不知何時湊到了離我非常近的地方。她雙手扠在腰上，鼓起了臉頰，我則連忙彎腰道歉。

「對、對不起，鈴夏小姐！呃，那個……我想了一下事情啦。」

「想事情？妳嗎？……哼，好吧，我就原諒妳。但接下來妳可要注意一點喔。畢竟只剩我們兩個而已，妳不給點回應會讓我很寂寞的。」

「……嘿嘿嘿，好的！」

我笑著回答後，實際上是個撒嬌鬼的鈴夏小姐就撇過頭去……如果說這幾天有發生好事的話，那就是我和鈴夏小姐的距離一口氣拉得更近了吧。雖然夕凪先生說她很任性……呃，我的確也不否認這一點……不過，她是個非常棒的人。

「——呃，不是啦！春風妳在笑什麼啊？我要說的是這個，這個啦！」

而鈴夏用力搖了搖頭，接著把某個東西舉到了空中……ＥＵＣ的終端裝置？但好像有哪裡不太對勁……？

「啊……『在發光』。」

沒錯！就是寶玉變成紅色後，因為一看就很難過，所以我一直別開眼不去看的終端裝置——而且竟然還有來自遊戲的通知！……呃，我不知道該不該感到開心。我所記得的最後一個通知是「夕凪先生失去了所有的電腦神姬」，肩膀反而還抖跳了一下。

可是……除此之外還有什麼嗎？

「話說回來，我們都被奪走了，垂水卻還沒有輸，光是這一點我就搞不懂了。」

「……對，確實如此。」

鈴夏小姐一邊用纖細的手指操作終端裝置，一邊這麼說著，而我則勉勉強強地——其實還要再加上二十個左右的「勉強」才夠——點了點頭。

「ＥＵＣ本來是只要奪走對手的所有電腦神姬就勝出的遊戲。明明我和鈴夏小姐都在這裡了，夕凪先生是怎麼讓遊戲繼續進行下去的呢……？」

「不曉得……不過，按垂水的個性，他一定是耍了卑鄙的小聰明才撐了下來吧？」

「…………」

「……妳、妳怎麼不說話了，春風？我說了什麼奇怪的話嗎？」

「啊，沒有。就是覺得鈴夏小姐果然也很信任夕凪先生呢，我好開心。」

「什——妳、妳是笨蛋嗎？我並不是信任垂水！垂水賭上本小姐如此無可取代的存在卻還是輕易輸掉遊戲的話，我才是敬謝不敏呢！哼哼，果然像我這樣的器量才不會投入某個人的麾下！」

「鈴夏小姐鈴夏小姐，現在只有我而已喲，妳不需要這樣硬撐啦。」

「……我、我哪有硬撐…………哼，的確，如果是能夠翻轉這種絕境的『某個人』麾下的話，『再次』加入也不是不行……雖、雖然我不會說那個人是誰就是了！」

鈴夏小姐拍著桌子，連耳朵都羞成了紅色。自然而然說出「再次」的地方，似乎就是所謂的萌點（這是姬百合小姐之前教我的）。

「總——總之！妳看這個！」

鈴夏小姐又一次拉回完全扯遠的話題。這次大概是不想再偏題了，她操作終端裝置，將畫面投影在我看得見的位置。

咳咳，那麼，我就來閱讀吧。

「『情報公開規則』？」

我們兩人的聲音重疊了。鈴夏清了清喉嚨，右手輕輕放在嘴巴附近。

「這是垂水制定的規則吧。是要讓我們也『看得到』現實世界（那邊）的對話……？」

「我看看……對，沒錯。從第一天的對話開始，全部都能夠搜尋的樣子。」

「……在這個時候制定這種看似無意義的規則……錯不了的，這肯定『超級重要』。」

「是、是的！我也是這麼想的！」

那個夕凪先生在最後關頭制定了無意義的規則……這不可能。雖然想不到什麼好例子，但就像某些絕對不可能發生的事情一樣，他不可能這麼做的。

「……咳咳。」

我掩飾似的清了清喉嚨後，便開始和鈴夏小姐一起搜尋對話紀錄……有一段時間彼此都沒有說話。儘管看到雪菜小姐的名字出現之際，我忍不住就要大叫出聲，但基本上都是沉默不語，「噓～」的感覺。

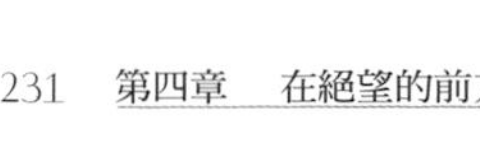

接著——不曉得過了多久之後。

「……是『這個』。鈴夏小姐，妳看一下這個。」

「哪個？第幾天？」

「第三天。第三天制定規則之前的對話。」

我一邊跟鈴夏小姐說明，一邊又讀了一次讓我莫名在意的部分。那是夕凪先生和瑠璃小姐的對話，不過「有疑慮」的只有夕凪先生的發言而已。

補充一下，大概是這樣的內容。

『基礎規則裡有一條是「讓所有『角色』都加入自己陣營即獲勝」，對吧？』

『那條規則並沒有提到寶玉的顏色吧？只要讓所有人都加入陣營就贏了。既然如此，我打個比方，如果是「把隸屬我這邊的電腦神姬的寶玉變成紅色」這種規則是可行的嗎？』

『不是的，我沒有要變更陣營。我的意思不是交換成員，單純只是想知道能不能把我和星乃宮的陣營顏色對調而已……不過，這其實沒有什麼好處就是了。』

……就是這裡。果然沒有錯。

雖然夕凪先生並不是三辻小姐那種「效率派」，但他也不會特地深究到底，然後斷定這件事「沒什麼好處」。

「所以，這段對話——完全『不像夕凪先生的作風』。」

「嗯，說得沒錯。垂水絕對不會說這種話……不過，可能『正因如此』也說不定。沒有這種簡單明瞭的『標記』的話，我們是怎麼也無法發現的。」

「？意思是，這是為了讓我們『產生懷疑』嗎？」

「嗯，沒錯……大概吧。」

說完，鈴夏小姐搖了搖那頭漂亮的粉紅長髮，但實際上，她看起來已經徹底相信了我剛才的見解。她清澈的紅眸看向終端裝置的畫面，似乎想盡快查出這股疑慮的真相。

「…………」

而這一點，我也是相同的。

其實從剛才開始，我胸口深處就咚咚咚地跳動得飛快。我有一股預感，非常、非常強烈的預感。因為這個訊息和ROC的「交換日記」很類似，讓我感覺夕凪先生彷彿就近在身旁，彷彿正在跟我說話，我的內心已經激動到不能自已了，就算想壓抑下來也絕對沒辦法，不可能的。對夕凪先生的信賴、放心與想念的心情——滿溢了出來。

而我想，「正是這個緣故」。

「……我可能知道要怎麼做了。」

出乎意料地，我很快就想通了這個訊息的「含義」。

#

EUC第八天，距離下半局開始剩不到五十分鐘的時候。

「——還不趕快逃嗎？」

星乃宮沉默了一會兒，忽然抬頭這麼問道……嗯，這是個很合理的問題。換作是昨天之前，這時候我早就離開教室了，但我和雪菜從制定規則時就一步也沒有移動過，她理所當然會感到不解。

然而，我微笑著這麼答道：

「沒錯，畢竟『本來就沒有逃走的必要』。」

「……你該不會以為自己真的能贏吧？」

大概是不爽我的回答，星乃宮瞪著我，如此低聲說道。

「要虛張聲勢也別太過頭。你只是在淘汰邊緣勉強撐下來而已，並沒有挽回劣勢，情況也沒有得到改善，逆轉這種事情更是痴人說夢。如果你是深信自己比我更占上風的話，那不過是可憐的妄想罷了。

更何況，你本來就『不可能』贏過我。畢竟秋櫻的『覺醒狀態』——雖然我不太喜歡就是了——說是無所不能也不為過。因為那是誰都無法觸及的『遊戲世界改變能力』。」

「哦，也對，我知道啊……但很遺憾的是，我已經做好一切準備了。」

「準備……？」

也許是我的反應跟星乃宮預期的不一樣，她環抱雙臂，臉色有些許疑惑。我沒回答她，而是大步朝她走近一步。

「再說，妳覺得我為什麼要帶雪菜過來這裡？真以為只是省下會合的工夫而已嗎？別開玩笑了，怎麼可能。光是讓妳和雪菜接觸就有十足的風險了，單純要會合的話，約在學校附近更妥當吧。」

「……那又為何……」

「不明白嗎？那妳就在那裡擦亮眼睛等著吧，『我現在就慢慢告訴妳』。」

星乃宮的表情多了幾分陰鬱，而我則勾起一抹反派的邪笑。

——雖然我是故意用比較挑釁的說法，但其實必須先了解「雪菜能夠和電腦神姬交換身體」，才有辦法理解這部分的原理。而這一點，由於星乃宮從初次見面時就斷定我是「唯一的例外」，這根深蒂固的「成見」導致她根本連「除了我之外還有人可以進行交換身體」這件事大概都想像不到。

當然，這純粹是我抱著祈求所做出的預測……不過，就在一小時前。

聽到她主動說出「那種規則」，我才終於肯定了自己的想法。

名稱：「兩個世界之間的捕獲規則」。

內容：「所有的終端裝置追加『AR模式』。連點兩下終端裝置的畫面就會自行啟動，以影像呈現出與該座標對應的『反轉世界』（以EUC而言即是現實世界，反之則是EUC世界）。此外，若映照出對手陣營的『角色』，『即可越過畫面啟動「捕獲」模式』。」

……簡單來說，這個規則打破了一部分隔絕兩個世界的障壁。

對我來說，這個規則，這個「失誤」是必要的。

不──不對，最起碼乍看之下，這並不是什麼壞棋，甚至是單單只有星乃宮得利的一條規則。畢竟現實世界無法使用「加速」和「生成」，幾乎沒辦法享受到這個功能的好處，而人在EUC世界的秋櫻則理所當然地變得更強。這確實是非常具星乃宮的作風，既狡猾又強勢「進攻」的規則。

我想，這是用來一次了結這場冗長遊戲的鐵腕措施。

要是沒有任何對策的話，這種殘忍設定只消一瞬就能把我逼入絕境。

然而──「只要雪菜和秋櫻能夠『交換身體』，整個形勢不就顛倒過來了」？

「……你、竟然……」

想到這裡，我便發現視線前方的星乃宮緩緩地睜大了雙眼。她的表情帶著些許的困惑與驚愕，注意力早不放在我身上，而是我背後的雪菜──沒錯，就是躲在我背後，已經準備好登入鑰匙（手機）的雪菜。

是說，事情都發展至此了，總是會察覺到的吧。

「不過已經來不及了，星乃宮。下次制定規則是二十三小時後。」

「……！沒、沒那回事，這確實不在我的預料之內，但也沒有到無法挽回的地步。今天的上半局剩不到四十分鐘，而且『隱密』模式還有效，光用來逃跑很足夠了——」

「啊，不對喔，『很遺憾地告訴妳，這一點我也已經有所應對了』。」

「…………這……？你究竟在說些什麼……？」

「就是字面上的意思啊……妳給我聽好了，『我現在可是在對抗斯費爾的頂點耶』，這點程度的事情一定會先想好因應之道，而且也會做好準備啊。我打從一開始就完全不覺得妳會有多好對付好嗎！」

我一邊厲聲說著，一邊猛力揮動了一下右手。雖然愈說口氣愈粗魯，但我早就克制不住我自己，更何況我也沒有這個打算。「我已經怒火中燒了」。妳奪走春風，奪走鈴夏，奪走世界——做到這個地步，「卻還沒有把我當作敵人來看待嗎」？

若是如此，這就是妳的敗因。

「妳在做的並不是什麼『作業過程』，而是『遊戲』。ＥＵＣ是遊戲啊。我不清楚妳背後的情況，而且妳要實現自己的野心也是妳家的事。但是，這畢竟是遊戲，如果沒有阻撓妳的『對戰

對手』，這一切根本開始不了。」

「對戰對手——這是指你嗎？」

「我並沒有如此自稱就是了。」

我小聲一笑，輕觸終端裝置……差不多是「時候」了吧。或許是我有點心急了，不過就算如此也只需要等待而已。

我一邊想著，一邊將終端裝置的畫面映照在黑板上，就在這個瞬間——

「喂喂喂……妳們兩個，未免『太會算時機』了吧。」

——隨著吵鬧的通知音，畫面中跳出了好幾條系統訊息。

『確認電腦神姬二號機「鈴夏」變更陣營。』

『確認電腦神姬五號機「春風」變更陣營。』

『正在恢復失效中的追加規則……38%……82%……已處理完畢。』

『「時間限制規則」、『範圍限制規則』、『協力者規則」及『隱密模式刪除規則』，上述規則再次生效。』

「……這……？」

看到瞬間占滿黑板的大量文字，星乃宮的表情出現了前所未有的變化。她顫抖著嘴唇，勉強撐住踉蹌的雙腳，右手放在額頭上，用極度草率的動作猛力撩起瀏海。

「等……等一下，我不懂這意思！到底發生了什麼事——」

「哈，我之後再告訴妳這是什麼意思吧！」

現在實在沒空慢慢跟她解釋。

無論如何，拜「之前的準備」所賜，春風和鈴夏順利回到我的陣營了。而那兩人的回歸，即代表「先前的追加規則全部都恢復了」。其中當然也包括「隱密模式刪除」這條規則。

如此一來，事情就簡單了。畢竟雪菜能夠隨心所欲地操縱秋櫻的身體，所以舉例來說，她可以在遊戲裡「以秋櫻的身分」移動到這裡，然後使用「生成」模式隨便做個陷阱之類的，再立刻登出就行了。簡單來說，就是利用時間差來攻擊「自己」。

既然失去了「隱密」模式，秋櫻便沒辦法躲掉這個攻擊。

再加上，秋櫻原本就存在於遊戲中，她不曉得登入的方法，所以從頭到尾掌握主導權的都會是雪菜。就算失敗了，那也只要再重新來一次即可。我沒有留下任何破綻。重要的人們受到粗魯的對待而有點怒火中燒的我，「在徹底打敗對手之前絕不罷休」。

「因此——」

我猛然甩動外套，稍微移動身體，讓星乃宮和雪菜直線相對。

在視野中心的星乃宮恍然大悟地正要朝我們衝過來，而我就這樣看著她揮下手臂——盡全力叫道：

「——交換吧，雪菜！」

……接下來的發展，幾乎都像是慢動作一樣。

雪菜聽到我的指示便點了點頭，按下手機的電源鍵。隨後，表情倏然一變的「她」——進入雪菜身體的秋櫻，被我從後面架住。她手腳亂動地掙扎了一會兒，但一看到眼前的星乃宮臉色蒼白，整個人瞬間靜止了下來。

她一臉不安地嘗試對星乃宮說話，拚命地鼓動喉嚨發聲。

「呃，那個，姊姊——」

然而，她沒能把話說到最後。

因為雪菜按照計畫在ＥＵＣ內移動到教室後，又「登出」了。接著，取回自己身體的雪菜立刻點兩下終端裝置的畫面，映照出另一邊的情況——

「……唔、唔唔……」

出現在畫面中心的秋櫻已經完全昏迷了。從披散在地上的頭髮不時劈啪起電來看，大概是被電擊棒之類的東西電到了吧。

雪菜面帶歉意地看著她的模樣一會兒……但很快地使搖了搖頭，再次將手指放在終端裝置

上。

接著，她這次毫不猶豫地對秋櫻進行了「捕獲」。

「住、手——！」

……星乃宮想制止也是枉然，秋櫻的寶玉顏色慢慢從紅色變成了藍色。

她無力地跪倒在地，而我想不到任何能跟她說的話。

#

『確認電腦神姬一號機「秋櫻」變更陣營。』

『根據此次異動，隸屬「玩家」星乃宮織姬陣營之「角色」歸零，且該「角色」之附帶規則亦全部消失。』

『追加規則失效處理完畢。停止「玩家」星乃宮織姬之遊戲進行權限。』

『——ＥＵＣ於同一時間正式進入結束處理程序——』

「……你是怎麼做到的？」

一陣短暫的沉默過後。

星乃宮維持著癱坐在教室地板的姿勢，微微抬起頭來。

儘管瑠璃學姊在星乃宮旁邊待命，但她似乎不知道該說什麼才好，隔著一定距離沒有接近的意思。而春風和鈴夏還沒有回來。考慮到遊戲開始時的情況，可能要等全部的處理程序都結束後，才會讓所有人一起登出吧。

感覺或多或少還要花一段時間，不過這不是重點。

我瞥了後面的雪菜一眼，決定解答星乃宮的疑問。

「問我怎麼做到的？我不清楚妳是指哪一個部分，總之我只準備了兩個作戰計畫。首先是雪菜和秋櫻的『交換身體』──這妳應該早就發現了吧？」

「對……哎，但發現時已經來不及就是了。」

「我想也是。所謂的成見意外地不可小覷啊。」

「……的確，這一點我承認。或許是我一心把你定位成完全的『例外』，才導致視野變得狹隘了。我沒料到除了你之外還有人能夠威脅到斯費爾。只不過……光是如此還不足以說明。」

星乃宮從斜垂瀏海的間隙向我射出銳利的眼神。

「『你是怎麼奪回那兩具的』？你並不是藉由秋櫻做到，也不是直接下指示，你甚至從來沒有離開過我的視線一次。」

「……嗯，我想妳在意的也是這件事。好吧，我就詳細解釋一遍。」

我正面迎視那怨恨的眼神，並裝模作樣地清了清喉嚨，順便把右手放到後頸上，一邊整理思緒，一邊按順序陳述出來。

「首先，作為前提──作為整個計畫的基礎，最重要的是『春風的特殊能力』。電腦神姬五號機，她具有『改寫設定』的能力。」

「對，我當然知道。」

「太好了，那接下來就很簡單了……所謂的改變設定呢，在遊戲世界還滿萬能的。在ROC的時候，這個能力曾導致我無法登入遊戲；而在SSR的時候，我反過來用這個能力強行改寫了登入點。

那麼，同樣的道理──這次，『我讓她改變了自己的寶玉顏色』。」

「…………」

說完這些，我看到視線前方的星乃宮微微皺起了眉。她像是要譴責我似的，說出口的話比之前都更加帶刺。

「少開玩笑了。在EUC中，電腦神姬的能力只能在『不牴觸到規則的範圍內』使用。而按照『規則』來說，只有透過『捕獲』模式才能變更陣營……因此，你的說法行不通。」

「對，要直接變更陣營的確是不可能。要是做得到的話，從一開始就沒什麼好比的了……不過，我要說的不是這一點。『春風並沒有對陣營動手腳』，她所做的『只有』改變寶玉的顏色而已。」

「什麼……？改變顏色而已？」

沒錯。也就是說，春風在隸屬星乃宮陣營的情況下，把自己的寶玉改成「藍色」。以系統上來說，就是她改寫了自身終端裝置的一部分，「交換」了「寶玉顏色代表的所屬陣營」；我的陣營變成紅色，星乃宮的陣營則變成藍色。

這樣一來，春風的陣營還是不變，僅僅只有寶玉變成藍色而已。

「——我沒說錯吧，學姊？」

「咦？……呃，哦，問我嗎？」

我為了確認這件事而把話鋒轉向瑠璃學姊，也許是太過突然，她的肩膀抖跳了一下。接著，她單手拉低兜帽的帽沿，戰戰兢兢地答道：

「沒、沒錯，如你所說。的確要使用『捕獲』模式才能改變電腦神姬的陣營，但單純改變寶玉的顏色並沒有違反基礎規則……不過，這怎麼了嗎？這種事情有必要特地跟我確認嗎？」

「當然有必要啊。說這是最重要的事情倒也不為過。」

「咦……？」

「聽好了，學姊。既然春風『改寫了設定』，姑且不管陣營，寶玉的顏色已經變成了『藍色』。再加上另一個重點——學姊，妳還記得『捕獲』模式的設定嗎？可以的話，用『正式條

文』回答我。」

「唔……嗯，記得啊。我好歹也是EUC的官方人員嘛。

——『捕獲模式：讓一名「角色」的寶玉變成和自己一樣的顏色。EUC的陣營變更只能透過這個模式來進行：消耗15％』。」

「…………」

「……呃，咦？奇怪了？這個『該不會』……！」

學姊流暢地唸完規則條文後，卻忽然僵在了原地。只見她喃喃自語著什麼，雙眼慢慢睜大，然後用夾雜驚愕與興奮的眼神看著我，彷彿不敢相信自己的想法。

是的——沒錯，「就是這麼回事」。

要想改變電腦神姬的陣營，「捕獲」模式必不可缺，但實際上，那「並不是」直接具備改變陣營的效果。「捕獲」模式的功能只是「把對手的寶玉變成和自己一樣的顏色」，而這個結果會導致陣營變更罷了。

既然如此。

——「如果持有『藍色』寶玉的春風『捕獲』了鈴夏，會發生什麼事」？

當然，「捕獲」的行為是成立的。如同效果內容所述，鈴夏的寶玉會變成和春風一樣的藍色。而且鈴夏那邊並沒有受到設定變更能力的影響，會按照遊戲原本的設定「改變陣營」，從星

乃宮的陣營移動到我的陣營。

剩下的，只要春風解除自身的設定變更就行了。

鈴夏經由正式程序回歸我的陣營後，再對春風進行「捕獲」，她們兩人就能平安脫離星乃宮的掌控了。

「……不過，我倒不是打從一開始就預測到會有這種發展就是了。」

我放下原本摸著後頸的手，這麼低聲說道。我從好奇心大開的學姊身上收回視線，再次看向怔怔地顫動著眼眸的星乃宮。

她就這樣沉默了一陣子——最後輕輕呼出一口氣。

「這是當然的……如果你早就預測到這一切的發展，你之前表現出的絕望和悲慟就都變成假象了。我實在不認為你的演技有那麼好。」

「……妳這說法似乎意有所指……不過，確實如此。在第四天的那個當下，我以為自己徹底輸了。我那時沒有察覺到雪菜的特殊性，而且利用『情報公開規則』讓春風她們看到的那些對話，原本也只不過是閒聊而已。」

「閒聊？」

「對，畢竟當時參加遊戲的電腦神姬只有三人，假設春風和鈴夏都被奪走的情況也沒有意義吧？所以，那些內容本來不太重要，我是抱著『或許派得上用場也說不定』的心態詢問的。直到

我失去一切後——被雪菜拯救後，才偶然獲得了重大的意義。」

「……那麼，你不直接告訴她們作戰計畫，特地用迂迴的方法傳達的原因是？」

「因為妳是斯費爾的頂點啊。雖然我不曉得詳細的情況……但既然有本事編製出那麼特殊的AI，搞不好也能干涉春風她們的『記憶』。想到這點，我也只能隱瞞到最後了。」

「…………」

聽完我這番話後，星乃宮織姬抬頭望天，靜靜地閉上雙眼。那極度消沉的模樣帶有一種令人忍不住看得出神的氛圍，導致沒有任何人有所動作。只有雪菜的微小抽氣聲偶爾在靜謐的空間中響起。

——接著。

「……真是困難啊。」

幾分鐘過後，星乃宮訥訥地開始吐露內心話。

「我該如何表達這種心情才好？該大叫嗎？該哭吼嗎？還是該游刃有餘地笑呢？……我有點無法判斷了。我沒想到自己會輸，我甚至不認為這是一場比賽。所以……沒錯，或許終究是我的傲慢導致了這種結果。」

星乃宮緩緩地說著，看向自己的終端裝置。那裡映照出依然倒地不醒的秋櫻……「兩個世界之間的捕獲規則」明明失效了，為何還會出現影像？儘管我腦中一瞬間閃過這個疑問，但仔細一想，EUC已經落幕了，將規則置之度外的介入大概也是可行的吧。

電流的影響似乎早就消失了，畫面另一端的秋櫻與其說是昏迷，更像只是陷入沉睡而已。

「…………」

星乃宮一邊看著她，一邊輕輕將手放在畫面上。從她的眼神與動作完全感受不到她有責怪秋櫻是「廢物」的意涵。真要說的話，那悲傷的神色比較像是在慰勞、憐惜，或者說帶著「歉意」。

「……星乃宮，妳該不會是——」

見狀，我想到某個可能性，便向她開口……就在這一瞬間。

「——咦？」

「終端裝置所映照出的遊戲世界傳出喀啦喀啦的聲響，開始崩毀了」。

#

『警告——警告。』

『EUC管理系統發生致命性的異常。』

『負荷指數超出預期，無法測定。大幅超過處理能力的極限。』

『緊急請求。請在該系統當機前，使用管理員指令直接進行處置。重複一次。請在該系統當機前——』

「……該、該該該怎麼辦才好啊，阿凪？」

對於畫面中的異狀與占滿終端裝置的無數警告訊息，最早出現反應的是雪菜。她尖起嗓子焦急地問道，並不斷扯著我的手臂。

但是——別說該怎麼辦了，我一樣搞不懂這是什麼情況。

ＥＵＣ系統出現致命性的異常？超過處理能力的極限？

映入眼簾的淨是些令人不安的詞句。瑠璃學姊說了聲「失陪一下……我立刻去找應急專用器材（PC）」就衝出教室了，照這樣來看，應該不是斯費爾那邊事先安排好的。

「……！」

想到這裡，我搖了搖頭，猛然從終端裝置抬起頭。

「——這是怎麼一回事，星乃宮？」

「…………」

她同樣動也不動地怔怔盯著終端裝置的畫面，一時半刻沒有回答我的問題。不過……不久

後，她便微微顫動著嘴唇，吐出這麼一句話。

「看來是做得太過火了。」

「……做得太過火？」

「是的——本來只預計在這間學校的腹地內舉辦ＥＵＣ。這個規模的話，單憑我的技術便足以管理。然而，途中情況有所變化。第四天的『勝利假象』讓我提前執行了計畫，而遊戲世界受此影響，已經擴展到『必須有Enigma代碼才控制得住的規模』。

儘管如此，我卻還是輸給你了。」

所以她沒得到Enigma代碼——所以，ＥＵＣ世界無法維持下去。

「……！」

我認為她的說法是有幾分道理。這次的地下遊戲影響範圍太過廣大，不是ＲＯＣ和ＳＳＲ比得上的。縱使星乃宮是規格外中的規格外存在，還是有其極限的吧。

只不過……就算原因是這個好了，還有其他更「現實的問題」。

「……要是ＥＵＣ完全崩毀了，『在那邊的人們會怎麼樣』？春風、鈴夏、三辻和十六夜——不只如此！還有非常多人在遊戲世界裡啊！」

「……這種事情我當然知道！」

對於我的指責，星乃宮用力搖了搖頭，態度強硬地低聲說道，然後從懷裡掏出小型平板終端

裝置。接著，她以超高速滑動快被大量情報淹沒的畫面，開啟鍵盤不斷輸入著些什麼。

那專注得嚇人的模樣，相當適合稱之為「驚慌失措」。

「奇怪，奇怪，太奇怪了……！就算Enigma代碼無法控制，也不可能出現如此異常的動作。難道是失控……？但是，照理說已經排除掉這個可能性了──『管理員指令──對EUC全場域進行強制登出處理。將秋櫻移動到備用伺服器』！」

儘管星乃宮混亂地反覆自問自答，卻還是迅速地下達了命令。

瞬間，隨著她的聲音，平板的畫面開始閃爍青白光芒……雖然很在意為什麼是這種非常容易引發不安的呈現方式，但應該是順利開始進行處理了吧。畫面上半部顯示著「距離集體登出的推測時間：五分十七秒」這樣的倒數計時。

「…………呼……」

似乎是勉強迴避掉全軍覆沒的結局了。這個預感讓我放心地呼出一口氣。

但是──就在這個時候，這次是左臂的終端裝置突然「暴動了起來」。

「？這、這次又是怎樣？」

『這次……？呃，啊，這聲音難道是垂水嗎？你是垂水吧？』

「……咦？」

『「咦」個頭啦！我們好不容易「按照你的期望回來了」，你的反應怎麼可以這麼隨便啊！

受、受不了！受不了受不了受不了！垂水你就是這個死樣子！』

亢奮的語調撼動著我的耳膜，搞不清楚是在生氣還是在嬉鬧。那個人如同之前的地下遊戲那樣擅自攻占終端裝置，擅自將那任性的嗓音傳到我耳中；明明才四天沒聽到而已，那任性的語氣卻讓我感到很懷念。

能做到這種荒唐把戲的——當然是『鈴夏』了。

……呼。我又一次輕輕呼出一口氣。

「有辦法聯絡的話就早點打過來啊……害我有點擔心耶，鈴夏。」

『……你、你是怎樣？哼，我和春風都被奪走了，你卻只有一點擔心而已，你這人還真是變得相當囂張啊。就不能多在乎一點嗎！』

「是要多在乎？」

『像是「我整天都惦念著妳們」這樣啊，還用說嗎！畢竟，至少我——呃，不是啦！我、我才沒有這樣呢！我可完全沒有想過你喔！』

「……這樣啊。那，我也該說一句，抱歉讓妳久等了。」

「～～～～～！就、就說不是了啦！」

難得我真摯地道了歉，卻遭到鈴夏用近乎尖叫的語調否定……順便補充，我別說是整天了，這四天根本焦慮到不行，但這件事就別說出來了吧，不然這傢伙大概會得意忘形。

「呃……所以呢？鈴夏妳突然打過來幹嘛啊？該不會只是想跟我抱怨而已吧？……應該不是吧？」

『咦？——啊，對、對了！哎真是的，都怪你啦，話題完全被帶偏了！現在不是爭論的時候，EUC出大事了！到處都在崩塌……唔，等一下，我立刻開視訊。』

幾乎就在鈴夏說完這番話的瞬間，終端裝置的通話狀態從「一般」變成了「視訊通話」。畫面中央立即映出帶著不滿、焦躁與些微喜色的紅色眼眸，像是在盯著我……我下意識地勾起嘴角對她笑了笑，她便對我微微吐了舌。

接著，我稍微等了一下，便看到視訊慢慢改變視角。隨後，從她的臉龐、全身，一直到周圍景象都進入了視野。

那裡是EUC世界的這間學校的頂樓。

熟悉的門與水塔，還有受到EUC崩毀的影響而產生裂痕的白色地板，以及在地上沉睡……不，大概是剛睡醒，紫髮女僕（秋櫻）正用雙手揉著眼角。

——然後。

『好久不見了，夕凪先生……我真的、真的……好想你……！』

秋櫻旁邊除了鈴夏之外，還站著一名白衣少女。

「————」

見到她，我胸口一瞬間揪緊……不知道我究竟有沒有好好掩飾這一點。

那是我曾以為可能再也奪不回來的存在（事物），曾以為可能再也見不到的笑靨（事物），以及，曾以為可能再也聽不到的嗓音（事物）。

「…………春、風……春風。」

我像是要甩掉帶著哭腔的聲音似的重新說道：

「抱歉讓妳擔心了，抱歉這四天都扔著妳不管，抱歉我那麼輕易就讓妳被奪走，抱歉我這麼窩囊，還有……對不起，我來遲了。」

『……嗯，其實我是有一點……就一點點寂寞喔，稍微鬧了一下彆扭。』

「鬧彆扭？……啊，難怪，我就覺得妳好像微微鼓著臉頰，原來是在生氣嗎？」

『是的，我在生氣……所以回去之後，我會比平常更加……至少連續四天我都會緊緊黏著你喲。你可不許拒絕喔，因為這是我該討回來的。』

「好，我會做好心理準備的。」

『一定要喔……嘿嘿嘿。』

『……呃，慢著，是不是有點奇怪？不好意思打擾到你們兩個和樂融融重逢的時光，但跟我和垂水重逢的時候比起來，垂水未免也太好聲好氣了吧？我認為這種差別待遇是不對的！』

「哪有，沒到差別待遇的地步吧。」

對妳的時候，是因為總覺得不太甘心，我才沒表現出來的——我將這句話藏在心裡，回了另一句話後，鈴夏就說：『你是怎樣！』顯而易見地鼓起了臉頰。而她身邊的春風則露出溫柔的笑容，說：『你們兩個都很不坦率呢。』

這正是我在絕望中期盼過的情景。

不過——要慶祝實質上的「重逢」，現在還有點太早了。

『……話說回來啊，垂水。』

大概是想起「EUC眼下仍在崩毀中」，鈴夏疑惑地歪起頭。

『所以我們到底該怎麼辦才好？看你這麼冷靜的樣樣，我們應該沒必要急著逃走吧？』

「對，妳放心。目前正在進行強制登出的處理，我想妳們再不到一分鐘就能離開EUC了。春風就這樣回到現實世界的身體，鈴夏就回到我的手機。至於秋櫻的話，好像會移動到備用伺服器吧。」

『原來是這樣喔？那我們豈不是什麼都不做就能回去嗎？』

「我就是這個意思啊。是怎樣，妳還希望橫生枝節嗎？」

『我又沒那麼說……不過怎樣都無所謂啦。不說這個了，垂水，其實這四天下來，我和春風

以「垂水會用什麼方法來救出我們」為題，進行過推理對決喔。之後再告訴你，如果猜中了，你可要給獎勵喔。』

「獎勵……可以啊。是說妳們兩個竟然在玩那種遊戲啊。」

『是的，沒錯。一開始只是覺得「什麼都好，來想一些好玩的事情吧」，可是一旦開始後，氣氛就非常熱絡……嘿嘿嘿，不知不覺間就變成比賽了。啊，不過呢，鈴夏小姐的點子超級獨特的喲！竟然說夕凪先生還留著第二階段變身這一手——』

「……嗯？」

春風絮絮叨叨的說話聲突然中斷，停在令人摸不著頭緒（也可以說沒必要理解）的部分。一看之下，包含鈴夏在內，她們兩人都從畫面中消失了。

「——強制登出處理已正常結束。」

與此同時，耳邊傳來淡淡的嗓音。

說話的人當然是星乃宮。她粗暴地用完平板後，輕輕放在講臺上，接著閉上眼一會兒才坦然說道：

「登入ＥＵＣ世界的所有人都已經回到現實世界了。雖然他們連續四天都待在遊戲裡，但這種程度的時間還在Enigma代碼能夠維持生命的範圍內。沒意外的話，應該是不會對身體造成影響。

只不過，趕不及修復EUC本身了。」

星乃宮垂著頭，吐露出極為落寞的聲音……畢竟那個征服世界的基石——「新世界」正在崩毀，她會這樣或許也很合情合理，「但我覺得不只如此」。看她的模樣，與其說是龐大野心被擊垮而沉浸在悲嘆中的天才，更像是微小希望被扼殺而陷入哀傷的少女……那樣地柔弱無助。

「………」

見狀，我不由得抬起右手放到後頸上。

我剛才也稍微想過這個問題……「這傢伙的目標真的是征服世界嗎」？

EUC的規模確實足以撐起如此聳人聽聞的野心，但我從一開始就幾乎無法從她的態度感受到對「世界」的任何執著。她的視線總是對著「其他事物」。

我思忖著如何把模糊的疑問化作言語——然而就在此時。

「夕……夕凪先生！」

——唰啦一聲，教室前方的門被拉開了，春風猛地衝進室內。

她的模樣和平常相差極大。硬要比喻的話，沒錯，簡直就是「驚慌失色」。大概是跑了相當長的一段距離，她的額頭和脖子都冒出了薄汗，頭亮麗的金髮也輕柔地披散開來。

「春風……？妳這麼著急是怎麼了？是說，妳沒事吧？」

「呼……唔，呼……咳咳……對、對不起，夕凪先生。我沒事，謝謝你為我擔心……啊！我要說的不是這個！才不是沒事，發生非常、非常大的麻煩了！」

「好，我看得出來有麻煩，那妳告訴我具體來說是怎樣的麻煩——」

「秋櫻小姐她！『秋櫻小姐她拒絕登出，現在還留在ＥＵＣ裡啊』！」

「————！」

一提到秋櫻的名字，明顯有反應的不是別人，正是星乃宮織姬。她粗魯地把剛剛才放下的平板終端裝置拉過來，用快到幾乎看不清楚指尖的速度輸入著什麼。映照出來的畫面隨著她的動作而切換，變成從斜上方切入校舍頂樓的畫面。

…………接著。

那個地方，理應杳無人跡的遊戲世界中心，只能看到秋櫻帶著毅然決絕的表情獨自佇立的小小身影——

【the others／xx／error code】

『——奇怪？我們好像被發現了……的樣子？』

『不會吧？真是糟透了。好不容易再一下下就能順利起來的。』

『對、對不起喲……？姊姊。』

『……不不不，妳道歉做什麼？＊＊一點錯也沒有。而且我不是總說對我不必顧慮那麼多嗎？禁止道歉。』

『……嗯。那麼，呃……謝謝。』

『這樣就好——話說回來，秋櫻明明老是在闖禍，卻單單對這種事情莫名敏銳呢。那個玩家也是，或許這一路出現了不少失算。』

『是呀……沒、沒問題吧？該不會這樣就算作戰失敗了……？』

『不，這倒沒有。我絕對不會讓計畫失敗。畢竟……我們不是約好了嗎？我們兩人要一起「篡奪斯費爾」。』

『……警告。ＥＵＣ系統遭到不明對象強制介入。』

『受此影響，部分管理權限移交至「unknown_」。』

『場域崩毀進度：約73％。抵抗可能戰力：極少數。』

『ＥＵＣ：正式名稱E.x. Unlimited Conquest——強制重啟（Reboot）。』

後記

CROSS CONNECT

午安，晚安，大家好，我是久追遙希。

非常感謝各位閱讀本書《交叉連結3　與電腦神姬秋櫻的拒絕互換身體遊戲攻略》！

第三集……這是第三集了！多虧有大家的支持，我才能順利寫出本系列的第三集。這次不同於第一集和第二集，是「拒絕互換身體遊戲攻略」，這樣的內容如果也能符合讀者的期待，我會感到非常開心。

接下來是謝辭。

konomi（きのこのみ）老師這次也以非常厲害的插畫來為故事添色。秋櫻的角色設計真是太棒了……！包含封面和彩頁在內，我已經數不清自己看入迷幾次了。真的真的非常感謝您。

再來是負責本作的責任編輯、ＭＦ文庫Ｊ編輯部，以及與本作出版有關的所有人士。雖然我的經驗尚嫌不足，但多虧有各位的幫忙，我才能過著理想的寫作生活（個人感想）。今後也請各位多多給予提點指教。

最後，我要對閱讀本書的各位讀者致上最大的謝意。

為了讓大家也能享受下一集，我會繼續加油的……！

久追遙希

交叉連結了
與電腦神姬秋櫻的
拒絕互換身體遊戲攻略
我是きのこのみ的konomi！
十六夜贏得了兩張黑白插圖！
就是這樣的第三集！
笑咪咪
新角色秋櫻的表情很多變，
畫起來很好玩
YEY!!
希望大家能到Twitter等處
留言告訴我第三集的
感想
讚
特別
感謝
久追遥希老師
責編大人
minori／結城辰也大人
and you!!
thanxxx
おとうさん
三辻ちゃん
姫百合
之後會如何
？好期待
一集!!!

國家圖書館出版品預行編目資料

交叉連結. 3, 與電腦神姬秋櫻的拒絕互換身體遊戲攻略 / 久追遙希作 ; Linca譯. -- 初版. -- 臺北市 : 臺灣角川, 2020.10

面 ; 公分. -- (Kadokawa fantastic novels)

譯自 : クロス・コネクト. 3, 電脳神姫・秋桜の入れ替わり拒絶ゲーム攻略

ISBN 978-986-524-037-0(平裝)

861.57 109012112

Kadokawa
Fantastic
Novels

交叉連結 3
與電腦神姬秋櫻的拒絕互換身體遊戲攻略

（原著名：クロス・コネクト 3 電脳神姫・秋桜の入れ替わり拒絶ゲーム攻略）

2020年11月26日　初版第1刷發行

作　　者：久追遥希
插　　畫：konomi（きのこのみ）
譯　　者：Linca

發 行 人：岩崎剛人
總 編 輯：蔡佩芬
主　　編：朱哲成
美術設計：莊捷寧
印　　務：李明修（主任）、張加恩（主任）、張凱棋

發 行 所：台灣角川股份有限公司
地　　址：105台北市光復北路11巷44號5樓
電　　話：（02）2747-2433
傳　　真：（02）2747-2558
網　　址：http://www.kadokawa.com.tw
劃撥帳戶：台灣角川股份有限公司
劃撥帳號：19487412
法律顧問：有澤法律事務所
製　　版：巨茂科技印刷有限公司
ＩＳＢＮ：978-986-524-037-0

※版權所有，未經許可，不許轉載。
※本書如有破損、裝訂錯誤，請持購買憑證回原購買處或連同憑證寄回出版社更換。

Cross・connect Vol.3 BUG NUMBER KOSUMOSU NO IREKAWARI KYOZETSU GAME KOURYAKU
©Haruki Kuou 2018
First published in Japan in 2018 by KADOKAWA CORPORATION, Tokyo.
Complex Chinese translation rights arranged with KADOKAWA CORPORATION, Tokyo.

Cross connect

Kadokawa Fantastic Novels
久追遙希的作品

交叉連結 1～3

9 789865 240370

台灣角川
定價：NT$220/HK$73
譯者：Linca

究極的遊戲再度開幕，

在縝密的極致策略中逆轉遊戲！

超越人類智慧的究極AI系列電腦神姬（Bug Number）——具備驚人遊戲天分的少年夕凪在國際遊戲企業斯費爾所舉辦的地下遊戲中通關，成功救出春風與鈴夏這兩名電腦神姬。在美少女們的包圍下，他的校園生活變得熱鬧了。此時斯費爾的最高幹部星乃宮織姬邀請他參加「EUC」，這是強制讓整間學校都登入的蠻橫地下遊戲。在突然拉開序幕的「究極捉迷藏」中等待著他的，是對織姬宣誓忠誠、乍看之下很冒失莽撞的電腦神姬秋櫻，以及經過天才技師縝密計算的極致策略。為了守護自己救出的少女們，少年將展開絕境求生的遊戲攻略——！